금연
학교

금연
학교

박현숙 장편소설

금연 ACADEMY

TAXI

|주|자음과모음

차례

내가 담배 사랑에 빠진 이유

빗방울은 점점 더 굵어졌다. 좀 전까지만 해도 따가울 정도로 햇볕이 내리쬐었는데 언제 그랬냐는 듯 세상은 금세 컴컴해지고 바람까지 불었다.

"아, 씨발."

나는 침을 모아 힘껏 뱉어냈다. 며칠 전부터 감기 기운이 있는지 머리가 깨질 듯 아프고 가슴 중간에서 그렁그렁 가래 끓는 소리가 났다. 오늘 이 비를 다 맞으면 아마 내일쯤은 오지게 아플 거 같고 그다음 날은 죽을지도 모른다는 생각이 들었다.

'씨발, 차라리 죽었으면 좋겠다.'

문득 부아가 치밀면서 이런 생각이 들었다.

집에서 여기까지는 지하철과 버스를 갈아타며 두 시간도 넘게 걸리는 거리다. 그런데도 일주일에 한 번씩은 꼭 이곳에 와야 한다. 무슨 요일이다, 하고 못 박아 놓고 오는 것이면 마음의 준비나 하겠다. 그런 것도 없이 아빠 꿈에 그 빌어먹을 돼지나 용이 나타나거나 조상님께서 출연하시는 날이 바로 내가 이곳에 와야 하는 날이다.

돈벼락 한번 제대로 맞아보자고? 그래, 좋다. 나도 돈벼락 한번 맞아봤으면 소원이 없겠다. 하지만 돈에도 눈이 달려 있다고 하는데 아무래도 돈이 우리 집으로 오긴 그른 것 같다. 그렇지 않고서야 남들은 잘도 되는 오천 원짜리 하나도 안 될 턱이 없다. 그것도 복권집을 시작한 이후로 일등 당첨을 여덟 번이나 내고 이등 삼등은 이루 헤아릴 수 없을 만큼 냈다는 최고의 명당 '내게로 오라, 행운복권' 이 집에서 말이다.

엄마 말을 빌리자면 아빠가 돈복이 지지리도 없다고 했다. 엄마가 처녀도사인지 총각도사인지 아무튼 족집게 점쟁이한테 점을 봤는데 아빠는 문을 열고 제 발로 들어오는 돈도 공 차듯 차버리는 팔자라고 했다. 엄마는 우리 집이 먼지 털 듯 털어도 한 푼 건질 수 없게 망한 것도 다 돈복 없는 아빠가 과한 욕심을 부린 탓이라고 했다. 뭐, 엄마 말이 틀린 말은 아니다. 다 아빠 탓 맞다. 중요한 것은 아빠 스스로는 아직도 그것을 모르고 있다는 사실이다.

이번 주는 토요일 오후가 되도록 아빠가 잠잠하기에 그냥 패스하는 줄 알았다. 그런데 감기약을 먹고 오랜만에 낮잠에 빠져 있을 때 전화벨이 울렸다.

"내가 말이다. 버스에서 잠깐 잠이 들었었는데 드디어 그분께서 나오셨다. 그분 말이다. 얼렁 복권 사러 뛰어라."

아빠였다. 아빠가 말하는 그분은 조선시대 때 벼슬을 지낸 우리 집안의 한참 윗대 할아버지다. 그 할아버지가 꿈에 보인 날 아빠는 예전에 다니던 회사 입사시험에 찰싹 붙었고, 또 그분이 보일 때마다 승진도 했다고 한다.

누나가 수능을 보던 날에도 그분이 꿈에 나오셨고 그 덕인지 누나는 여유롭게 S대에 들어갈 수 있었다고 한다. 하지만 그 후로 그분은 다시는 아빠 꿈에 나타나지 않았고 아빠는 그걸 무척이나 안타까워했다.

"그분만 나타나면 로또 일등은 맡아놓은 건데. 구겨진 내 인생에 쨍하고 해 한번 제대로 뜨게 된다고."

아빠는 오매불망 그분을 기다렸다. 마치 이룰 수 없는 짝사랑에 빠진 사람처럼 허탈해하다가 원망하다가 그리고 매달리면서.

그런데 그렇게 애타게 기다리던 그분이 버스에서 깜박 잠이 들었을 때 나타난 것이다. 수화기 너머로 들리는 아빠 목소리는 가늘게 떨리고 있었다.

"에이, 낮잠 자면서 꾸는 꿈은 개꿈이에요."

나는 쏟아지는 잠에 눈도 뜨지 못한 채 말했다.

"이 새끼가 뭔 말을 하는 거야?"

"그리고 그 할아버지는 벼슬을 하신 분이잖아요. 그러니까 시험 볼 때나 승진할 때 도와주는 할아버지다, 이런 말……."

"야, 이 새끼야. 부정 타는 소리 할래? 이 씨발놈은 꼭 재를 뿌려요, 재를. 아 진짜……."

내 말이 끝나기도 전에 아빠가 소리를 버럭 질렀다. 차마 귀를 열고 들을 수 없는 무지막지한 욕들이 쏟아져 나왔다. 아빠가 아들에게 저러고 싶을까.

"이게 나 혼자 잘 살자고 하는 짓이냐. 응? 나 혼자 잘 살자고 꾸는 꿈이냐고? 다, 니네들 위해서 그러는 거야, 새끼야."

헐! 아빠가 언제부터 우리 생각을 저렇게도 끔찍하게 했었나.

"지금 아프다고요."

"왜? 왜 아파?"

아빠가 닭 모가지 비틀 듯 따지고 들었다.

"감기요."

"야, 이 새끼야. 오죽 변변찮으면 한겨울도 아닌데 감기에 다 걸리냐? 아플 때는 집구석에 처박혀 있는 거보다 살살 바람 쐬는 게 최고야. 어서 갔다 와."

아, 진짜 씨발이다. 아들이 죽었다고 해도 눈물 한 방울 흘리지 않을 거 같은 목소리다.

"다시 한 번 말하지만 나 혼자만 잘 먹고 잘 살자고 이러는 거 아니다. 번호 여섯 개만 잘 맞아 봐. 내 인생만 해 뜨냐? 니네 인생에도 해 뜬다는 말이야, 알았어?"

그렇게도 자식 사랑이 남달랐으면 말이다. 그래서 자식을 위해 꿈까지 좋은 걸 꾸려고 노력한다면 말이다. 적어도 그렇다면 도박은 하지 말았어야지. 도박이라는 게 뭐냐. 말 그대로 도박이다. 모 아니면 도! 횡재 아니면 망하는 것, 둘 중에 하나라는 말이다. 하지만 안타깝게도 나는 도박을 해서 횡재를 했다는 사람이 있다는 말은 들어본 적이 없다. 강원도 어디엔가 허가 낸 도박장이 있는데 거기에 드나드는 사람들 모두 쫄딱 망했다는 뉴스를 텔레비전에서도 여러 번 봤다. 입은 옷만 남긴 채 모두 날리고 자살했다는 사람 수없이 봤다.

아빠는 주식은 절대 도박이 아니라 우리나라 경제 발전을 위해 일조하는 거라고 했지만 나라의 경제 발전을 걱정하는 아빠 때문에 우리 집은 망했다. 그렇게 탈탈 다 날리고 이제 와서 로또 사면서 큰소리는.

"아 참."

속으로 씨발씨발 하면서 전화를 끊으려는데 아빠가 잊었다는 듯 말했다.

"받아 적어라."

그냥 자동으로 하면 딱 좋겠는데 또 번호를 받아 적으라고 했다.

그래, 백 번 양보해서 로또 되면 온 가족이 잘 먹고 잘살 수 있으니 다 좋다고 치자. 그런데 아빠는 발이 없나, 손이 없나. 왜 꼭 나에게 로또 심부름을 시키는지 모르겠다.

가난은 절대 창피한 것이 아니라 조금 불편할 뿐이라고 하지만 그렇다고 해서 가난한 것이 자랑은 아니다.

로또를 사려고 길게 늘어선 줄 안에 우두커니 서 있으면 왠지 모르게 뒤통수가 따끔거리고 이유 없이 귓불이 달아오를 때가 있다. 머리에 피도 안 마른 놈이 열심히 공부해서 당당히 돈 벌 생각은 하지 않고 벌써부터 요행이나 바란다는 말을 들을까 봐 서다.

아빠는 진지하게 번호 여섯 개를 불러주고 몇 번이나 확인했다.

그냥 지나가는 소나기려니 생각한 비는 그칠 줄 몰랐다. 물에 빠진 생쥐 꼴이 되어 복권을 사서 지하철을 탔다. 어깨에 스멀스 멀 벌레가 기어가는 느낌이 들었다. 빈자리는 당연히 없고 나는 한쪽 귀퉁이에 찌그러져 서 있었다.

'헉.'

유리에 비친 내 얼굴을 보고 나도 모르게 깜짝 놀라고 말았다. 얼굴이 왜 저 모양이지? 눈은 푹 들어가고 광대뼈는 도드라졌다. 이거 진짜 감기 맞아? 설마 감기를 위장한 몹쓸 병은 아니겠지.

─샀냐?

아빠 문자다.

—예.

—번호 제대로 찍었지?

—예.

—지난번에는 하나 잘못 찍었잖아.

하여간 의심. 물론 번호를 잘못 찍었던 적이 있긴 있다. 하지만 그건 기억도 가물가물한 예전의 일이다. 그리고 제대로 찍었다 하더라도 어차피 오천 원짜리 하나도 안 되는 상황이었다.

—제대로 했어요.

문자를 보내고 나서 휴대폰을 주머니에 넣어버렸다.

어깨가 자꾸 움찔거리며 재채기가 나왔다. 유리에 비치는 내 모습을 뚫어져라 바라봤다. 얼굴이 노란 거 맞지? 입술은 왜 저렇게 허옇지? 꼭 시체 같잖아? 그리고 왜 이렇게 추워. 이러다 정말 죽는 거 아니야?

주머니 속에서 휴대폰 진동음이 울렸다. 받을까 말까 망설이다 받지 않았다. 잠깐 조용했던 휴대폰이 다시 울렸다. 순간 속이 부글부글 끓었다. 복권을 꺼내 발기발기 찢어버리고 싶었다. 그렇게도 못 미더우면 제발 직접 가서 사면 되잖아요! 나는 아빠가 바로 앞에 있는 것처럼 눈을 부라리며 주먹을 불끈 쥐었다.

휴대폰은 계속 울렸다. 심호흡을 한 번 한 다음 천천히 휴대폰을 꺼냈다. 준영이었다.

"아, 새끼야. 전화 좀 빨리 받아라."

이건 뭐 전화하는 사람마다 욕을 하고 지랄이다.

"내가 네 새끼냐, 씨발놈아."

참았던 화가 폭발하듯 터져 나왔다. 사람들 눈이 모두 나에게 쏠렸다.

"왜 성질은 부리고 난리야. 어디냐?"

준영이가 꼬리를 슬쩍 내렸다.

"지하철이다, 씨발놈아."

나는 '씨발놈아'를 잘근잘근 씹듯이 뱉어냈다.

"아, 감성돈. 너는 어떻게 학생이라는 놈이 욕을 입에 달고 사냐? 고운 말 바른말 좀 써라."

미친…… 욕을 한 바가지 퍼붓고 싶은 걸 간신히 참았다.

"있냐?"

"뭐가?"

"에이. 척하면 척이지. 아, 용돈도 떨어졌는데 그게 똑 떨어졌다. 불안해서 가만히 앉아 있지를 못하겠네. 너 엊그제 나한테 둘 빌려갔다. 알고 있지? 잠깐 보자. 지하철역에서 만날까?"

하여간 줄 것은 잘도 잊어버리면서 받을 것은 기막히게 기억한다.

준영이는 지하철역 오 번 출구 앞에서 기다리고 있었다. 밖은 이미 어두워졌고 비는 더 거세게 쏟아지고 있었다.

나와 준영이는 간첩 접선하듯 눈짓을 주고받고 난 다음 공터로 향했다. 준영이는 우산을 같이 쓰자는 말도 없이 앞장서서 성큼 성큼 걸어갔다. 뒤통수에 대고 인정이라고는 파리 눈곱만큼도 없는 놈이라고 욕을 날리고 싶었지만 이미 나에게는 그럴 기운조차 남아 있지 않았다.

비가 내리는 공터는 을씨년스러울 만큼 조용했다. 공터 깊숙이 들어간 준영이가 걸음을 멈추고 돌아봤다.

"어? 성돈이 너, 왜 비 맞고 있냐? 우산 없냐?"

일찍도 물어본다.

준영이는 어떻게 이런 일이 있느냐는 듯 황급히 내 옆으로 다가서서 우산을 들이밀었다. 이미 맞을 거 다 맞았고 젖을 거 다 젖었다. 팬티만 벗어 짜도 물이 한 대야는 나오겠다.

나는 가방 안쪽 지퍼를 열고 담배를 꺼냈다. 준영이가 재빨리 세 개비를 꺼내 갔다. 두 개비는 빌린 거고 한 개비는 이자다. 준영이는 담배를 물고 주머니에서 라이터를 꺼내 불을 붙였다. 그러고는 아주 깊게 연기를 빨아들였다 내뱉었다.

"너는?"

"싫다."

"왜?"

준영이의 눈이 어둠 속에서 빛났다.

"머리 아프다. 감기가 심해서."

오늘은 준영이가 내뿜는 연기 냄새만 맡아도 머리가 깨질 듯 아팠다.

"그건 아직도 네가 담배와 친해지지 않았다는 증거다. 어떻게 일 년이 다 되어 가는데 아직도 담배 맛을 제대로 모르냐?"

나는 준영이가 길게 연기를 내뿜는 모습을 물끄러미 바라봤다. 준영이의 담배 피우는 폼은 그야말로 예술이다. 중학교 삼 학년의 모습이라고는 믿기지 않을 정도다. 나는 준영이의 저 모습에 반했었다. 턱을 약간 치켜들고 연기를 뿜어내는 준영이의 옆모습에서는 그야말로 남자의 냄새가 물씬 풍겼고, 그런 준영이를 보면서 나는 게이처럼 가슴이 설렜다.

준영이와 나는 초등학교 동창이다. 오 학년 때부터 육 학년 때까지 같은 반이었는데 준영이는 우리 반에서 가장 지질이였다. 공부도 못하고 선생님한테 야단맞으면 질질 울기부터 하고 오 학년이나 되는 놈이 코를 흘리고 다닐 때도 있었다. 당연히 준영이는 왕따였고 특히 여자아이들은 준영이가 옆에 오기라도 하면 벌레라도 털어내듯 두 손을 휘휘 저었다.

당시만 해도 나는 그런 준영이와 이렇게 가깝게 지내게 될 줄은 꿈에도 몰랐다. 그런데 중학생이 되고 나서 준영이는 놀라울 정도로 빠르게 변했다. 지질이의 모습은 온데간데없고 쳐들고 다니는 턱에서는 알 수 없는 위압감이 느껴졌으며 건들거리는 다리에서는 야릇한 포스가 느껴졌다. 그렇다고 해서 준영이가 대놓고 문제아라든가 호시탐탐 힘자랑 하는 그런 부류의 아이는 아니다. 말이 없어도 왠지 함부로 할 수 없는 그런 아이라는 말이다.

무슨 인연이었는지 나와 준영이는 중학교에 들어와서도 쭉 같은 반이 되었고 나는 변해가는 준영이의 모습을 그대로 볼 수 있었다.

초등학교 오 학년 때부터 같은 반이었다고 해서 나와 준영이가 처음부터 친했던 것은 아니다. 이상하게 변해가는 준영이는 내 스타일이 아니었고 준영이 또한 나에게는 별 관심이 없어 보였다. 그런데 어느 날 우연히 지구대에서 준영이를 만났고 그날 이후로 우리는 누가 먼저랄 것도 없이 마음을 열었다.

작년 늦가을이었다. 오늘처럼 비가 무지막지하게 쏟아지는 날이었다. 나는 아빠 심부름으로 시장 입구에 있는 지구대에 갔다.

그때는 아빠가 택시 운전을 할 때였는데 하루는 손님이 두고 내린 휴대폰을 들고 왔다. 최신식 스마트폰이었다. 언뜻 봐도 새로 산 지 이삼일도 지나지 않은 것 같았다. 당연히 휴대폰 주인은 쉬지 않고 전화를 해댔고 아빠는 무슨 생각인지 전화를 받지 않았다.

"성돈아. 이런 스마트폰 요새 얼마나 하냐?"

"제값 다 주고 사면 백만 원도 넘을 걸요."

"야, 스마트폰 값이 그새 그렇게 많이 올랐냐?"

아빠는 눈이 튀어나올 만큼 놀랐고 담배 연기를 길게 내뿜으며 무슨 생각인가를 곰곰이 했다. 나는 그런 아빠의 모습을 보면서 아빠 머릿속에서 헤엄치듯 떠다니는 갈등을 느낄 수 있었다. 당시 뉴스에서 한참 떠들던 말이 있었다. 택시 기사들이 주운 휴대폰을 전문적으로 사들이는 사람들이 있다는 거다. 물론 턱도 없이 싼 가격으로 말이다. 그런데 아빠의 갈등이 끝나기도 전에 초를 친 것은 엄마였다. 식당에서 돌아온 엄마는 아빠 가방 안에서 하염없이 울리는 진동음에 아무 생각 없이 휴대폰을 꺼내 받은 것이다.

"여보세요. 네, 우리 남편이 택시 하는데요."

엄마 목소리가 들리는 순간 아빠는 불에 덴 듯 소스라치게 놀라 담배를 집어던지고 엄마에게 달려갔다. 그러고는 휴대폰을 뺏어 던져버렸다. 아빠는 영문을 몰라 하는 엄마를 향해 왜 허락도 없이 남의 물건에 손을 대느냐고 소리를 질러댔다. 아닌 밤중에 날벼락 맞는 식으로 엄마는 이유도 모른 채 한참 동안 아빠의 야단을 들어야 했다.

"아무리 없이 살아도 양심은 바르게 갖고 살아."

얼마 후 앞뒤 정황을 파악한 엄마가 콧방귀를 뀌며 말했다. 그와 동시에 다시 휴대폰이 울렸다. 아빠는 울며 겨자 먹는 식으로 전화를 받았다.

"뭐라고요? 나보고 휴대폰을 그쪽으로 갖다 달라고요? 아, 됐고! 나는 바쁘니까 그럴 수 없어요. 아아, 거기까지 나오는 택시비 받자고 갈 수는 없다니까. 왜는 왜요? 바쁘다고 했잖아! 암만동 지구대에 맡겨놓을 테니 찾아가든가 말든가. 그리고 말이야. 젊은 사람이 정신 좀 똑바로 차리고 살아야지. 왜 그런 거는 놓고 다녀서 사람 번거롭게 해?"

아빠는 소리를 빽빽 지르고 전화를 뚝 끊었다.

"성돈아. 이 휴대폰, 시장 입구에 있는 지구대에 맡기고 와라."

또 마지막 뒷설거지 담당은 나였다. 터져 나오려는 울화통을 삼키며 지구대로 갔을 때 준영이를 만났다.

준영이는 무슨 똥배짱으로 지구대 담벼락에 붙어 담배를 피우다 딱 걸렸단다. 아무리 배짱이 두둑해도 경찰복 입은 사람이 담배 피우지 말라고 하면 예, 하고 공손하게 들으면 되었을 것을 아저씨가 무슨 상관이냐고 대들었단다. 그래서 잡혀 들어와 부모님 전화번호 대라, 그렇지 않으면 오늘 여기서 못 나간다, 온갖 잔소리를 듣고 있던 때였다.

"성돈아."

준영이는 나를 보자마자 헤어졌던 가족을 만나듯 벌떡 일어나 반색을 하며 반겼다. 최신식 스마트폰을 맡기러 온 나는 양심 있는 착한 아이가 되었고 준영이는 착한 아이와 친구라는 사실 하나로 지구대에서 나올 수 있었다.

준영이는 지구대에서 나오자마자 시장 안쪽 후미진 곳으로 가서 담배를 피워 물었다.

"내가 담배 피우는 걸 우리 아빠가 알게 되면 그날이 내 제삿날이다. 네 덕에 살았다, 고맙다, 감성돈."

준영이는 진심으로 고마워했다.

"언제부터 담배 피운 거냐?"

나는 아주 자연스럽게 담배를 피워 문 준영이를 신기하게 바라보며 물었다.

"초등학교 오 학년 때부터."

세상에! 나는 너무 놀라 눈이 튀어나올 뻔했다. 못된 송아지 엉덩이에 뿔 난다고, 코 흘리고 눈물 많고 지질했던 놈이 담배를 피웠다니. 하여간 세상은 요지경이다.

아무튼 그날 나는 담배를 피우는 준영이 모습에 첫눈에 반했고 그날 처음 두 손으로 공손하게 담배를 들고 뻐끔 담배를 피워봤다. 그날 이후 나는 담배를 피우며 준영이와 똑같이 남자 냄새 물씬 풍기는 모습으로 거듭나기 위해 노력 중이다.

준영이와 헤어져 집으로 돌아왔을 때 나는 익을 대로 익어 시어빠진 파김치처럼 축 늘어졌다. 으슬으슬 추웠다. 이불을 뒤집어써도 몸은 사시나무 떨리듯 떨렸다. 눈을 감으면 온 세상이 뱅글뱅글 돌 듯 어지러웠다. 그렇다고 눈을 뜨고 있을 수도 없었다. 눈을 뜨고 있으면 이마가 터져나갈 것처럼 쑤시고 아팠다. 이러지도 저러지도 못하고 눈을 떴다 감았다를 반복했다. 그러다 떨리던 몸에 뜨거운 기운이 착착 감기는 느낌과 함께 잠이 들었던 모양이다.

나는 천둥벼락이 치는 듯한 목소리에 놀라서 벌떡 일어났다.

"성돈아. 성돈이 아직 안 들어왔냐?"

아빠였다.

"왔는데요."

나는 도로 누워 이불을 뒤집어쓰며 소리쳤다.

"복권은 어디 있냐?"

나는 떠지지 않는 눈을 억지로 뜨며 휴대폰을 눌러봤다. 아홉시 사십 분이었다.

"빨리 내놔 봐. 맞혀봐야지. 일하다 말고 왔단 말이다."

나는 바윗덩어리처럼 묵직한 몸을 일으켜 머리맡에 있는 가방을 당겼다.

"어?"

가방 속을 뒤지는데 손에 잡혀야 할 복권이 잡히지 않았다. 나는 얼른 일어나 불을 켰다.

귀신이 곡을 할 노릇이었다. 가방 안에 있어야 할 복권이 감쪽같이 사라진 것이다. 가방을 뒤집어 탈탈 털어도 복권은 없었다. 머릿속이 하얘졌다. 이게 대체 어떻게 된 거지? 나는 복권을 사던 그 순간부터 집에 들어올 때까지 기억을 빠르게 되짚었다.

"아이씨."

준영이에게 담배를 꺼내줄 때다. 복권이 혹시 비에 젖을까 봐 고이 모신다는 것이 그만 담배가 들어 있던 곳에 넣었던 거다. 그리고 담배를 꺼내면서 복권이 딸려 나왔던 거다.

"빨리 갖고 나오라니까 뭐해?"

아빠가 방문을 벌컥 열었다.

"이, 이, 잃어버렸는데요."

나는 어금니를 꽉 깨물었다.

"뭐? 이 새끼가 지금 뭐라는 거야?"

두꺼비처럼 크고 두툼한 아빠 손이 내 뺨을 후려쳤다. 눈앞에서 불똥이 튀었다. 나는 질끈 깨문 어금니가 바스러지도록 입에 힘을 주었다.

'씨발, 내가 언젠가는 이 집구석 뜨고 만다.'

주먹을 불끈 쥐는데 눈물이 핑 돌았다.

일단 잡아떼기

꿈을 꾸었다. 예전에 우리가 살던 집이었다. 밝은 햇살이 가득했던 넓은 거실, 그리고 엄마의 자랑이었던 이태리 식탁과 장식장. 나는 햇살 한 줌을 잡으려고 손을 벌렸다. 햇살은 내 손을 피해 점점 멀어져갔다. 베란다로 나가고 베란다 밖으로 훨훨 날아갔다. 햇살이 사라진 집 안에는 어둠이 내렸고 그 어둠을 뚫고 무시무시한 얼굴로 변한 아빠가 나타났다.

"으악."

나는 잠에서 깨어났다.

열은 아직도 펄펄 끓고 있었다. 아무래도 병원에 가야 할 거 같았다. 나는 자꾸만 떨리는 몸을 겨우 추스르고 일어나 셔츠와 바지를 입었다.

"어?"

그런데 머리맡에 있던 돈이 없어졌다. 병원에 꼭 가라고 엄마가 두고 간 돈이었다. 웬만해서는 병원에 가라는 말을 하지 않는 엄마였다. 견딜 만큼 견디며 낫는 게 감기라고 말하는 엄마가 병원에 가라고 신신당부한 걸 보면 내 상태가 어떤지 알 수 있다. 그런데 돈에 발이 달린 것도 아니고 어디 갔담. 고개를 조금만 돌려도 어지러운데 돈까지 속을 썩였다. 돈은 어디에도 없었다. 엄마가 도로 가져갔을 리는 없다. 그렇다고 아빠도 아니다. 아빠는 여간해서 내 방에 들어오지 않는다.

"그럼…….."

생각이 누나에서 멈췄다. 틀림없다. 돈만 보면 걸신들린 사람처럼 달려들어 무턱대고 뺏어 들고 가는 누나다. 나보다 칠 년이나 먼저 태어났으니 누나지, 누나 노릇이라고는 전혀 못하는 사람이다.

삼 년 만에 우리 집은 완전히 달라졌다. 사는 집도 달라졌고 엄마 아빠 그리고 나도 달라졌다. 하지만 딱 한 명, 누나는 달라지지 않았다. 누나는 아직도 예전에 부유했던 그 시절 그 방식대로 살고 있다. 옷도 싸구려는 쳐다보지도 않는다. S대생이면 과외를 해도 돈을 엄청 벌 텐데 누나는 돈을 버는 것에는 아예 관심도 없다. 공부하고 친구 만나고, 그게 누나가 하는 전부다. 그렇다고 해서 장학금을 받을 만큼 공부를 잘하지도 못한다. 도대체가 도움이 되는 거라고는 전혀 없다. 거기에다 요즘은 유학 바람까지 빵빵하게 들어서 입만 열면 유학이 어쩌고저쩌고 별나라 이야기를 하고 있다. 스물세 살이나 먹어서 무슨 생각을 하고 사는 건지 알수 없다. 대체 나이는 어디로 처먹는 건지. 그것뿐이면 말도 안한다. 콧소리 힝힝거려가며 불쌍한 동생 돈을 빌려가는 것도 모자라 슬슬 내 방에 들어와 책상 위에 돈이라도 보이면 꼭 임자 없는 돈을 주운 듯 들고 나간다. 부모님 재산을 혼자 가로채고 그것도 모자라 동생을 내쫓은 놀부도 울고 갈 심보다.

거기에다 잘난 척은 얼마나 잘하는지 모른다. 친구와 전화하는 걸 옆에서 듣고 있자면 기가 막혀서 말도 안 나올 정도다. 쥐뿔도 없으면서 말하는 것만 들으면 우리 집은 재벌 중에 재벌이고 누나는 공주 중에 공주다. 그런 걸 보면 누나는 아빠를 빼다 박았다.

아빠는 우리나라에서 내로라하는 회사에 다녔다. 월급만 갖고도 잘 먹고 잘살 수 있다고 소문난 회사였다. 그런데 무슨 욕심이 더 생겼는지 어느 날부터 아빠는 엄마 몰래 주식을 하기 시작했다. 모아놓은 돈을 다 날리자 카드깡인지 뭔지로 주식을 계속했고 퇴직금을 담보로 대출도 받았다. 그리고 끝내 그 대출금을 갚기위해 퇴직금이 필요했고 회사를 그만둘 수밖에 없게 된 것이다.

"그 정도만 했어도 내가 말을 안 해."

엄마는 지금도 그렇게 말한다. 알고 보니 아파트도 저당 잡혀 있었고 할 수 없이 월세로 이사를 할 수밖에 없는 처지가 되었다.

절대로 이 동네는 떠날 수 없다고, 친구들한테 쪽팔려서 가난한 동네로는 못 떠난다고 울며불며 난리굿을 하는 누나 때문에 집세가 싼 후진 동네로 이사도 못 가고 이 동네에 계속 살게 되었다. 비록 살던 집의 반밖에 되지 않는 평수의 아파트였지만 월세가 어마어마하게 비쌌다. 아파트보다 싼 다세대 주택으로 갈 수도 있었지만 누나는 죽어도 싫다고 고집을 부렸다. 돈이라고는 땡전 한 푼도 벌지 못하는 주제에 도대체가 머릿속에 뭔 생각을 집어넣고 사는지 알 수 없는 인간이 누나다.

엄마가 식당에 나가 일하며 버는 돈의 삼분의 이는 아파트 월세로 나간다. 엄마는 월세 내는 날이면 뼈와 살점을 깎아 내주는 것 같다고 말한다.

우리 집을 팔고 월세 아파트를 얻던 날 나는 부동산에 엄마 도장을 갖다 주러 갔었는데 그날 있었던 일이 지금도 눈에 선하다. 엄마는 집주인과 마주앉아 계약서를 쓰고 있었고 아빠는 저만큼 소파에 다리를 꼬고 앉아 신문을 보며 이렇게 말했었다.

"내가 다른 곳으로 발령이 나서 이사를 갈 수밖에 없지요. 그곳에 집을 사놨는데 아이들 때문에 선뜻 옮길 수가 없네 뭐요. 그래서 우리 큰아이 대학 졸업할 때까지만 애들하고 애들 엄마하고 여기에 있어야 할 거 같아서 작은 집을 빌리는 겁니다."

쪽팔린 거는 알아서 아빠는 이렇게 거짓말을 했다. 그리고 그 거짓말이 탄로 날까 봐 택시를 할 때도 택시를 몰고 집에 오는 일은 절대 없었다. 아빠는 이 년 정도 택시를 하다 때려치웠다. 더럽고 치사하고 적성에 안 맞아서 못 해먹겠다고 밤이면 밤마다 날이면 날마다 엄마를 달달 볶는 통에 엄마는 차라리 손가락을 빨고 살면 살았지 도저히 살 수가 없다면서 당장 그만두라고 했다. 아빠는 엄마 입에서 그 말이 나오기를 기다렸다는 듯 그날로 택시를 그만두었다. 그리고 몇 달을 놀다가 시작한 것이 대리운전이었다. 하지만 대리운전을 시작한 지 한 달 조금 지나면서부터 아빠는 슬슬 짜증을 내기 시작했다. 아빠가 집에 돌아와 하는 말을 가만히 듣고 있으면 대리운전을 맡기는 사람들은 천하에 나쁜 사람들이었다. 토하고 욕하고 대리운전비 제대로 주지 않고 반말에 가끔은 폭력도 쓰고, 아빠는 목소리 높여 밤새 만났던 사람들 흉을 보다가 "내가 너희들보다 못해서 이러고 사는 줄 알아?" 이러고 소리쳤다. 아아, 생각만 해도 짜증이 몰려왔다.

나는 생각을 멈추고 누나에게 전화를 했다.

"나, 지금 바쁘거든."

누나는 전화를 받자마자 재빠르게 말했다.

"내 만 원 갖고 갔지?"

나는 누나가 전화를 끊기 전에 서둘러 말했다.

"아하, 그 돈? 커피 값이 없어서 갖고 왔어. 나중에 집에 가면 엄마한테 받아서 줄게."

"커피 마시자고 아파서 학교도 못 간 동생 병원비를 갖고 가냐? 이 양심도 없는 인간아. 내가 아파서 죽으면 네가 책임질래?"

"세상에 감기 때문에 죽은 사람은 못 봤거든. 끊어."

누나는 매몰차게 전화를 끊었다. 다시 전화를 했지만 받지 않았다. 화가 치밀어 올랐다. 내가 앞으로 저 인간을 누나라고 부르면 사람이 아니다. 얼굴 마주보고 밥을 먹어도 사람이 아니다. 세상에 떠도는 온갖 잡귀신들은 뭐하나. 저 인간 안 잡아가고. 주먹을 불끈 쥐는데 부르르 떨렸다. 열이 더 펄펄 끓어올랐다. 심장이 열에 견디지 못하고 터질 거 같았다.

점심때쯤 엄마에게 전화가 왔다.

"병원 갔다 왔지?"

"가긴 뭘 가? 돈이 있어야 가지. 그 미친년이 병원 갈 돈을 가져갔단 말이야."

엄마는 단박에 그 미친년이 누나라는 걸 알아들었다.

"아무리 그래도 누나보고 미친년이 뭐냐?"

"그럼 미친년을 미친년이라고 하지 미친놈이라고 해?"

누나는 무슨 누나. 앞으로 감성돈, 내 사전에 누나라고는 없다.

"너 돈 없어? 일단 네 돈으로 병원에 다녀와. 엄마가 저녁에 줄게."

"내가 돈이 어디 있어?"

"그럼 아빠한테 좀 달라고 해. 아빠 지금 주무시니?"

아이고, 내가 차라리 아파서 죽으면 죽었지, 아빠보고 병원에 가겠다고 돈을 달라고 하라고? 뺨에 불이 나도록 얻어맞은 게 바로 어제 일이다. 그깟 복권 한 장 잃어버렸다고 그렇게 무식하게 때리다니.

"야 이 새끼야. 너 때문에 내 인생 조졌다. 알아들어? 그 조상님이 날이면 날마다 꿈에 나오는 줄 알아?"

아빠는 내가 잃어버린 것이 복권 한 장이 아니라 수십 억인 것으로 착각하고 있었다. 졸지에 나는 조상님인 그분이 손에 들려준 돈 보따리를 길바닥에 흘리고 온 천하에 바보 같은 놈, 아빠의 창창한 앞날을 조진 불효자가 되었다.

솔직히 따지고 보면 엄마 인생을 포함해 우리 가족의 앞날을 암울하게 만든 사람은 아빠다. 아빠가 우리의 인생을 조진 거다. 내 머리에 머리털 나고 어제처럼 억울하고 분한 날은 없었다. 그런데 아빠한테 가서 병원 가야하니까 돈 좀 달라고 하라고?

"그냥 냅둬. 아파서 죽으면 되니까."

나는 전화를 끊어버렸다.

세 시가 조금 넘자 아빠가 일어나는 거 같았다. 그릇 부딪히는 소리가 들리고 라면 냄새가 났다.

"우욱."

라면 냄새를 맡자 속이 뒤틀리며 구역질이 올라왔다. 나는 질질 흐르는 침을 손등으로 닦으며 숨을 몰아쉬었다.

"진짜 미치겠네."

라면 냄새가 나지 않는 곳으로 탈출하고 싶었다.

그때 담배가 생각났다. 코끝을 힘껏 밀고 들어오는 라면 냄새를 없애는 데는 담배가 제격인 것 같았다.

나는 가방에서 담배를 꺼내 바지 주머니에 넣은 다음 방문을 열고 밖을 엿봤다. 후루룩 쩝쩝! 주방에서 라면발 당기는 소리가 우렁차게 들렸다. 나는 뒤꿈치를 들고 생쥐처럼 집에서 빠져나왔다.

햇볕이 뜨거운 놀이터는 텅 비어 있었다. 그네에 앉아 고개를 숙인 채 담배를 꺼내 물었다. 그리고 불을 붙여 재빨리 서너 모금 빨아들였다. 속전속결! 남의 눈에 띄기 전에 얼른 피우고 끝낼 생각이었다.

코끝에 연기처럼 감겼던 라면 냄새가 사라졌다. 머릿속이 몽롱해지며 마치 구름 위를 걷는 듯 몸이 가벼워졌다. 뭔가 불안하던 마음도 서서히 사라졌다. 이번에는 좀 더 느긋하게 빨았다. 빨아들인 담배 연기가 몸속 깊이 들어가자 깨질 것처럼 아프던 머리가 점점 맑아지기 시작했다.

나는 뭐에 홀린 듯 담배 한 대를 다 피우고 다시 한 대를 입에 물었다. 고개를 쳐들고 연기를 길게 뿜어내고 있을 때였다. 누군가 내 어깨를 툭 쳤다. 나는 소스라치게 놀라 담배를 땅에 버리고 발로 질끈 밟았다.

"학생."

아파트 경비였다.

"지금 뭐하는가?"

보나마나 담배 피우는 거를 봤을 텐데 묻기는 뭐하러 묻는담.

"담배 피웠는가?"

알면서 왜 자꾸 묻는지. 피우기는 피웠지만 예! 하고 대답하기는 좀 그렇지.

"혹시 우리 아파트에 사는가?"

아, 진짜 곤란한 질문만 골라서 한다. 나는 대답 대신 아랫입술을 질경질경 씹었다. 경비는 내가 하는 모양을 가만히 지켜보았다. 그러더니 착 가라앉은 목소리로 이렇게 말했다.

"요즘은 담배 피우는 걸 말리면 어른도 때린다면서? 학생도 그런가?"

아니, 이 할아버지가 사람을 뭐로 보고 이러는지 모르겠다. 나를 완전 못돼 먹은 불량 학생 취급이다. 담배를 피운다고 해서 모두 못돼 먹지는 않았다. 담배라는 게 무엇인가? 준영이가 그러는데 기호품이라고 했다. 개인의 취향에 따라 피울 수도 있고 피우지 않을 수도 있다는 거다. 담배를 피우면 성장에 방해가 되며 폐가 까맣게 변하고 뇌가 썩어 들어간다는 무시무시한 말로 청소년들의 흡연을 막고 있지만 따지고 보면 담배가 청소년 건강만 해치는 것도 아니고 또 우리나라 법에 청소년은 담배를 피울 수 없다고 못을 박아놓은 부분도 없다. 남의 물건을 훔치는 도둑도 아니고 강도도 아닌 그저 먹고 싶어서 담배를 먹는 것일뿐이다. 그런데 왜들 담배를 피우면 불량 청소년이다, 라는 등식을 성립시키지 못해 안달일까.

"나이 들어서 어린 것들한테 당하면 나만 손해고 창피한 일이지. 안 그런가?"

"저는 그러지 않거든요."

"그러지 않다니, 어른에게 달려들지 않는다는 말인가?"

"때리지 않는다고요."

"누구는 때린다고 말하고 때리나? 이 세상에 나는 나쁜 놈이요, 하고 나쁜 짓을 하는 놈은 없지."

"아니라니까요."

"됐고."

경비는 내 말을 자르고 헛기침을 했다.

"나는 누가 담배를 피우든 말든 상관하고 싶지는 않은디 저런 거는 버리지 않았으면 좋겠어. 오늘 아침에도 이곳에서 담배꽁초를 한 무더기 치웠단 말이여. 내가 학생들이 버린 담배꽁초 주우려고 아파트 경비하는 거는 아니잖어?"

"저는 여기에서 처음 피우는 거거든요. 담배꽁초 버린 적 없어요."

나는 슬그머니 내가 버린 담배꽁초를 주웠다.

"제가 버렸습니다, 이러고 말하는 사람은 없지."

뭐 저런 할아버지가 다 있는지 모르겠다. 매일 속고만 살았나. 버린 적이 없으니까 버리지 않았다고 하는 거고 어른을 때릴 마음은 눈곱만큼도 없으니까 그러지 않는다고 한 건데 사람 속을 박박 긁고 있다.

"누구 집 아들인지 부모 속깨나 썩이게 생겼네."

뒤돌아서서 걸어오는데 경비가 내 뒤통수에 대고 말했다. 그 말을 듣자 내가 아주 천하에 몹쓸 놈이 된 거 같았다.

엘리베이터에서 내리는데 아빠가 현관문을 열고 나왔다. 일을 나가는 모양이었다.

"감성돈!"

눈도 마주치지 않고 옆으로 비켜 서는데 엘리베이터에 한 발 들여놓던 아빠가 휙 돌아섰다.

"너, 혹시 담배 피우냐?"

헉! 나는 너무 놀라 비명을 지를 뻔했다. 머릿속이 하얗게 변하는 것 같았다.

"놀라는 거 보니까 피우는 거 맞나 보네."

"아니거든요."

일단 잡아떼고 보는 거다. 준영이가 그랬다. 누구한테 들키더라도 확실한 증거가 나오기 전까지는 잡아떼는 게 가장 좋은 방법이라고 말이다.

"정말 안 피우냐?"

아빠가 내 앞으로 한 발 다가섰다. 순간 불에 올린 오징어처럼 온몸이 오그라드는 느낌이었다. 몸에서 냄새가 나지 않을까?

"진짜 아니거든요."

나는 있는 대로 인상을 쓰며 짜증을 부렸다.

"그런데 지금 어디 갔다 오는데? 엄마가 그러는데 무지하게 아파서 움직이지도 못한다면서?"

아픈 거를 알기는 알고 있구나. 그렇지 않아도 아파서 골골하는데 죽도록 두들겨 팼으니 오죽하겠어요. 죽지 않고 살아 있는 게 기적이지요, 나는 이런 눈빛으로 아빠를 바라봤다.

"병원 갔다 와라. 엄마가 돈 주라고 하더라."

아빠가 만 원짜리 한 장을 내밀었다. 오늘따라 웬 친절? 아들 건강이 걱정이면 때리지나 말든지.

"괜찮아요."

나는 돈을 받지 않았다. 돈을 받으면 왠지 내가 지는 것 같았다. 나는 이 집안을 뜨는 그날까지 아빠가 볶으면 볶는 대로 때리면 때리는 대로 다 견디며 살 거다. 그리고 이 집에서 떠나는 그 순간 분명하게 말할 거다.

'당신은 나의 아빠가 아닙니다.'

생각만 해도 통쾌하다. 그동안 나에게 했던 일들이 있으니 아빠도 내 말에 토를 달지 못할 거다.

"감성돈."

현관문을 여는데 아빠가 내 어깨를 쳤다. 안 받는다는데 왜 자꾸 귀찮게 하는지 모르겠다.

"이상하게 말이다. 가끔 담배가 없어진다. 내가 담배를 한꺼번에 잔뜩 사다놓고 피우잖냐. 그런데 한 갑씩, 한 갑씩 비는 느낌이다. 성돈이 너는 정말 모르는 일이냐?"

"모르는데요."

나도 모르게 고개를 획 돌리고 소리쳤다.

"그래? 그럼 니네 엄마가 담배를 배웠나? 아니면 감미영 짓인가?"

나는 재빠르게 집 안으로 들어와 현관문을 닫았다. 심장이 뛰어나올 것처럼 펄떡거리고 뛰었다. 그런데 앞으로가 큰일이다. 이제 아빠 담배를 훔쳐내기는 다 틀렸다.

건강을 위하여 홍삼두유

이틀을 결석하고 학교에 갔다. 앓는 동안 거의 먹지 않아 속이 텅 비어서인지 아니면 열병에 시달리느라 살이 빠져서인지 발걸음이 자꾸 휘청거렸다.

나는 교실에 들어가자마자 준영이 팔을 잡아끌고 밖으로 나왔다.

"너는 담배 어떻게 구하나?"

담배를 배운 그날부터 나는 호시탐탐 아빠의 담배를 엿봤고 찰나의 순간을 놓치지 않고 목적을 달성했다. 준영이도 분명 그런 방법을 쓰고 있을 거라는 추측이었다. 그래서 그동안 준영이가 어떻게 담배를 구하는지 궁금하지 않았다.

"어떻게 구하기는, 사지."

준영이는 빤한 걸 왜 묻느냐는 듯 입술을 삐물었다.

"산다고?"

"그럼, 사지. 담배가 하늘에서 뚝 떨어지냐?"

담배를 직접 사기 위해서는 두 개의 높은 산을 넘어야 한다. 우선 담뱃값이 만만치 않다는 거다. 일주일에 한 갑씩만 피워도 이만 원 정도다. 중학생에게는 엄청난 액수임에 틀림없다. 또 하나의 산은 청소년에게는 담배를 팔지 않는다는 거다. 나이보다 심하게 늙어 보이는 중학생이 편의점 주인의 눈을 속이고 담배를 샀다는 말은 들어봤지만 거의 대부분 의심이 가면 신분증을 제시하라고 한다고 했다.

"너는 어떻게 하고 있는데?"

준영이가 내 어깨에 손을 떡하니 걸치고 물었다.

"아빠 거…….."

"아주 위험한 짓을 하고 있군. 담배 피우는 사람들에게 담배는 돈보다도 더 중요한 법이야. 니네 아빠가 그걸 모를 줄 아냐? 얼마 가지 않아 탄로 나게 되어 있어. 아주 좋지 않은 방법이지. 너도 오늘부터 사라. 사실은 말이다."

준영이가 목소리를 낮췄다.

"내가 아는 선배가 편의점에서 알바를 하거든. 거기 가면 살 수 있어."

"돈은 어디서 나냐?"

"어디서 나긴, 용돈 받는 거 담배에 올인하는 거지. 나는 초등학교 때 담배를 배우는 그 순간부터 내 담배는 내가 사서 피웠다. 컬럭컬럭."

준영이가 말끝에 기침을 달았다.

"너는 한 달에 얼마나 피우냐?"

"경우에 따라 다르다. 컬럭."

"너, 감기 걸렸냐?"

담배친구라고 감기도 똑같이 걸렸나.

"아니다. 요즘 자꾸 헛기침이 나온다."

한참 준영이와 이야기를 나누고 있을 때 저만큼 서라가 촐랑거리며 오고 있었다. 몸매 안 되고 얼굴 안 되고 공부 안 되고, 거기에다 나이를 속이고 학교에 왔는지 도저히 열여섯 살이라고는 믿을 수 없을 만큼 폭삭 늙은 얼굴의 서라다. 이것저것 다 따져봐도 믿을 구석이라고는 성격밖에 없는 박서라! 박서라는 내 짝이다.

담임도 참 이상하지. 중학생이나 되는 아이들을 남자와 여자 짝을 만들어 앉히다니. 남자와 여자가 어깨를 맞대고 함께 앉아 있는 것은 그야말로 불편하기 짝이 없다.

또한 서라는 참견이 보통 심한 아이가 아니다. 옆에 턱 받치고 앉아서 모든 일에 참견하려 드니 행동거지 하나도 신경이 쓰일 수밖에 없다. 수업 시간에 코털을 뽑으며 '으으윽' 비명을 지르기라도 하면 서라는 커다란 찐빵에 겨우 구멍만 내놓은 것 같은 눈을 있는 대로 크게 뜨고 왜 그러느냐고 호들갑스럽게 묻는다. 여드름을 쥐어뜯다 피라도 나면 화장솜인지 뭔지를 들이밀며 친절을 보이기도 한다. 거기에다 서라가 요상한 냄새가 나는 화장품을 처바르고 온 날에는 머리가 아파서 고개를 들 수가 없다.

이건 정말 비밀인데 나는 어느 날부터인가 서라가 마법에 걸린 날을 정확하게 알 수 있게 되었다. 말로 표현할 수는 없지만 특유의 냄새가 나기 때문이다. 알아서는 안 될 그런 것까지 알아야 하는 것은 그리 유쾌한 일이 아니다. 언젠가 준영이한테 그 얘기를 했더니 내가 비정상이라고 했다. 어떻게 그런 일에 시큰둥할 수 있느냐고 말이다. 가슴이 설레지 않느냐고 묻기도 했다. 빌어먹을! 서라가 마법에 걸렸는데 왜 내 가슴이 설레냐?

아무튼! 남녀 합반이야 어쩔 수 없다고 쳐도 제발 같이 앉는 것은 그만두었으면 좋겠다. 차라리 다른 반처럼 모둠을 만들어 앉히든가, 책상을 하나씩 놓고 혼자 앉는 방법을 택하든가.

"감성돈. 너 얼굴 꼬라지가 왜 그러니?"

가까이 온 서라가 오리 입처럼 튀어나온 입을 봉긋이 모으고 내 턱 밑으로 얼굴을 들이밀었다.

"아, 진짜. 비켜라."

나는 손바닥을 쫙 펼쳐 서라 얼굴에 대고 힘껏 밀었다.

"아주 금방이라도 관 속에 들어가게 생겼다."

서라는 밀려가면서 혀를 끌끌 찼다.

"됐다. 내가 관 속에 들어가거나 말거나 너는 신경 *끄셔.*"

참 오지랖도 넓다.

"내가 오늘 네 영양을 책임지마."

서라가 히죽 웃었다. 그 순간 못 볼 것을 보고야 말았다. 서라 앞니 중간에 커다랗게 박혀 있는 빨간 고춧가루! 정말 더러워서 못 살겠다. 더 이상 말했다가는 구역질이 날 거 같아 고개를 돌려 버렸다.

"성돈이를 책임질 생각하지 말고 너 스스로나 책임져라. 이빨이나 좀 닦고 다녀라?"

준영이도 고춧가루를 본 모양이었다. 서라가 황급히 손으로 입을 가렸다.

"준영이 너보고 한 말 아니거든."

그러더니 서라는 쌩하니 돌아섰다.

나는 서라의 뒷모습을 볼 때마다 항상 스커트로 눈이 간다. 그리고 스커트를 볼 때마다 항상 같은 생각을 한다. 저놈의 스커트 길이 좀 줄여 입든가 폭 좀 줄여 입지. 남들은 몸에 딱 맞게 잘도 수선해서 입던데 서라는 제 몸이 서넛은 들어가도 충분할 정도로 펄럭이게 입고 다닌다. 하긴 내놓고 자랑할 몸매가 아니니 그럴 수도 있겠지만 저런 여자아이와 나란히 앉는다는 게 쪽팔린다.

"살 일이 생기면 나한테 말해라. 선배한테 부탁해서 사다줄 테니, 캬악."

서라가 교실 안으로 사라지자 준영이는 요란스럽게 가래를 모으더니 도로 삼키며 말했다.

"알았다."

대답은 했지만 앞이 캄캄했다. 나는 따로 용돈이 없다. 필요할 때마다 엄마한테 타 쓴다. 말이 좋아 타 쓰는 거지 거의 용돈이 없다고 보면 된다. 아무리 생각해도 담뱃값을 마련할 방법이 없었다.

담배를 끊어볼까? 그러자니 왠지 아쉽다. 아직 담배 맛을 제대로 못 느끼고 있지만 그렇다고 해서 끊을 만큼 매정한 사이도 아니다. 또 담배를 끊으면 준영이와도 자연스럽게 멀어지게 될 거다. 준영이 같이 멋진 놈을 놓치는 것도 아깝다. 이래저래 끊기는 어려울 거 같다.

점심시간에 급식실로 가면서 서라가 유난히 실실거렸다. 속도 없다. 준영이한테 이빨을 닦아라, 어쩌라 이런 말을 들었으면 보나마나 교실에 가서 거울을 봤을 테고 그러면 앞니에 박힌 고춧가루도 봤을 거다. 다른 여자아이들 같으면 창피해서 아는 척도 하지 않겠다.

"자, 이거 먹어라."

급식을 받아 자리에 앉는데 서라가 홍삼두유를 떡하니 탁자 위에 올려놨다. 오늘 급식으로 나온 홍삼두유다. 워낙 비싼 거라 어쩌다 한 번씩 나오는데 영양가가 풍부하기도 하지만 맛이 기막혀서 인기 최고다.

"내 거는 받아 왔다."

나는 서라가 내려놓은 홍삼두유를 도로 집어 서라에게 내밀었다.

"한 개 더 먹으라고."

"너는?"

"내 걱정은 하지 말고."

걱정은 무슨. 한 개 더 먹을 수 있다면 고마운 일이지. 그렇지 않아도 며칠 제대로 먹지 못했더니 몸에서 영양가 있는 걸 원하는지 자꾸 어지러운데 잘됐다.

감자탕에 밥을 말아 마구 퍼 넣고 있는데 내 식판 옆으로 또 하나의 홍삼두유가 떡하니 놓였다.

"홍삼두유 하나 더 먹어라."

서라였다.

쟤가 건망증이 있나. 좀 전에 하나 주고 가더니 그새 그걸 잊고 또 가져왔나? 그런데 이건 또 어디서 난 거람. 원래 한 사람 앞에 하나 이상은 절대 가져가지 못하도록 배식원들이 눈을 부릅뜨고 지키는데. 나는 이상한 일도 다 있다 하면서도 아무 말도 하지 않았다. 홍삼두유 세 개쯤이야.

잠시 뒤 또 하나의 홍삼두유가 내 앞에 놓였다. 역시 서라였다. 쟤가 대체 왜 저러는지 모르겠다. 도깨비도 아니고 말이다. 전래동화에 나오는 어떤 멍청한 도깨비는 사람에게 닷 냥을 빌려 쓴 다음 그걸 갚고도 건망증이 심해 매일 닷 냥을 갚았다고 하던데 서라가 딱 그 도깨비 같았다. 나는 숟가락을 입에 넣은 채 멍하니 서라를 바라봤다.

"먹으라고. 이게 영양가가 아주 최고란다. 양이 적어서 다섯 개 정도는 먹어야 할 거다."

영양가가 많은 거는 알겠는데 이게 대체 무슨 일인지 모르겠다. 나는 갑자기 네 개로 늘어난 홍삼두유를 두 손으로 꼭 쥐었다. 그러고는 촐랑거리며 뒤돌아서는 서라를 바라봤다.

서라는 식판을 들고 급식을 받는 줄 뒤에 가서 섰다. 아직 급식을 받지 않은 건가? 그럼 이 홍삼두유들은 어디에서 난 거지? 머릿속이 혼란스러워졌다. 서라는 급식을 받더니 슬금슬금 눈치를 보며 잔반 버리는 곳으로 다가갔다. 그러더니 멀쩡한 밥을 잔반통에 쏟아부었다. 뒤돌아서는 서라 손에는 홍삼두유 하나가 들려 있었다. 그럼 이 홍삼두유들이 모두 저 방법으로?

그때였다.

"야, 박서라!"

담임이 소리를 빽 질렀다.

"너, 지금 뭐하는 거냐? 왜 급식을 받자마자 잔반통에 버리느냐고? 아이고야, 지금 지구 저편에서는 굶어죽는 아이들이 수없이 많은데 멀쩡한 음식을 버리다니. 그리고 네 부모님은 이 음식을 너에게 먹이기 위해 얼마나 고생하시는 줄 아니?"

담임은 평소에도 먹는 것 버리는 행동을 가장 싫어했다. 밥을 남기고 버리는 것은 부모님의 피와 땀을 갉아먹는 행위라면서 말이다.

"선생님! 벌써 네 번째인데요."

민지가 말했다.

"뭐?"

"박서라요. 급식을 받아서 잔반통에 버리는 걸 네 번째 하고 있다고요."

걸려도 제대로 걸렸다.

"밥하고 반찬은 버리고 홍삼두유는 성돈이 갖다 주는데요."

민지는 무덤덤한 표정으로 말했다. 민지는 무슨 일이 생겨도 얼굴 표정이 잘 변하지 않는 아이다. 또 말의 속도도 여간해서는 변하지 않는다. 언제나 늘 같은 표정 같은 속도의 말로 자신이 하고 싶은 말은 다 하는 아이다. 반에서 일어나는 일들은 대부분 민지 입을 통해 담임 귀에 들어간다. 한마디로 고자질쟁이인데 그게 참 이상하게도 민지가 하는 말을 듣고 있으면 고자질이라는 생각이 들지 않는다. 민지의 침착한 목소리를 듣고 있으면 알지 못할 위엄까지 느껴진다.

"감성돈이 시켰냐? 홍삼두유 가져오라고?"

담임이 서라에게 물었다. 무슨 벼락 맞을 소리를.

"아닌데요."

그렇지 않아도 튀어나온 서라 입이 더 튀어나왔다.

"그럼 왜 그랬는데?"

"선생님도 성돈이 꼴 좀 한번 보세요."

서라가 턱으로 나를 가리켰다. 담임 눈은 물론 다른 아이들 눈도 모두 내게로 향했다.

"성돈이 꼴이 왜?"

"불쌍하잖아요."

나를 쳐다보는 서라 눈에 얼핏 눈물 같은 것이 반짝거렸다. 나는 당황했다. 이럴 때는 어떻게 해야 하나. 정말 불쌍하다는 듯 어깨를 늘어뜨려야 하나, 아니면 서라 말에 반박하고 나서야 하나.

"그래, 얼굴이 노랗게 뜨긴 했다."

담임이 고개를 끄덕였다.

"입술도 다 터졌어요. 컬럭."

준영이가 내 편을 들어야겠다고 생각을 했는지 참견했다.

"성돈이가 아픈데 왜 준영이 네가 기침을 하냐? 요새는 친구 사이에 감기도 나눠 갖냐?"

담임은 준영이를 힐끗 바라봤다.

"이틀 결석하고 나더니 광대뼈가 툭 튀어나왔는데요."

"살도 빠진 거 같아요. 뒷모습을 보니 엉덩이도 작아졌더라고요."

"눈도 썩은 동태눈처럼 힘이 하나도 없어요."

아이들이 한마디씩 했다. 이건 뭐 내 얼굴을 갖고 품평회를 하는 것도 아니고. 나는 달아오르는 얼굴을 두 손으로 박박 문지르며 서라를 쏘아봤다. 누가 홍삼두유를 먹고 싶다고 한 것도 아니고 갖다 달라고 한 것도 아닌데 제멋대로 갖다 주고 이런 꼴을 만들다니.

"그럼 순전히 성돈이의 건강을 생각해서 그랬단 말이지? 그런데 서라 네가 왜 성돈이 건강을 걱정하냐?"

담임이 손가락으로 수염이 듬성듬성 난 턱을 문지르며 물었다.

"짝인데 모르는 척할 수는 없잖아요."

서라는 천연덕스럽게 대답했다.

"성돈이는 좋겠다. 생각해주는 사람이 있어서."

담임이 웃었다. 그러자 여기저기에서 낄낄거리는 소리가 터져나왔다. 순간 나는 말도 못하게 자존심이 상했다. 생전 처음 여자아이와 엮이는 순간인데 그게 하필이면 서라라니.

"하지만 서라 네 뜻은 알겠지만 말이다. 멀쩡한 음식을 잔반통에 퐁당퐁당 빠뜨린 것은 도저히 용서할 수 없을 것 같은데. 내가 오늘 너를 용서하면 너도나도 네가 한 짓을 따라하려고 난리일 거다."

담임은 그거는 그거고 이거는 이거라는 듯 말했다.

"선생님. 한 번 용서해주지요. 짝을 위해서 그런 건데요. 감동적이잖아요."

누군가 말했다.

"맞아요. 드라마보다 더 감동적이에요."

또 누군가 말했다. 담임은 수염이 고슴도치 털처럼 삐져나온 턱을 손가락으로 문지르며 어떻게 할까 고민하는 눈치였다. 그걸 뭐하러 고민하는지 모르겠다. 평소에 하던 대로 혼쭐을 내주면 되는 거지. 하지만 나는 아무 말도 못 하고 지은 죄도 없이 죄인처럼 고개만 숙이고 있었다.

"하긴 요즘 보기 드문 눈물 나는 우정이긴 하다. 이거 참, 갈등이 되는군. 벌점을 줘야 하나, 아니면 용서를 해야 하나?"

"용서해. 용서해, 용서해."

아이들이 합창을 하듯 외쳤다. 서라가 아이들을 향해 브이자를 해 보였다.

"그래 모두의 뜻이 그러니 어쩔 수 없군. 야, 감성돈. 서라 마음 생각해서 한 방울도 남기지 말고 탁탁 털어 마셔라."

담임은 내 어깨에 손을 올리고 말했다.

나는 서라 보란 듯 홍삼두유 네 개를 고스란히 버리고 왔다. 그걸 마시면 정말 속없는 놈이 될 거 같았다.

교실로 돌아오는데 울화통이 터졌다. 촐랑거리며 앞서가는 서라 엉덩이를 걷어차고 싶은 생각이 간절했지만 간신히 참았다. 속에서 불이 확확 올라오는 것 같았다.

나는 교실로 들어서기 무섭게 실내화를 벗어들었다. 그러고는 서라 사물함을 활짝 열었다. 사물함을 서라라고 생각하기로 했다.

"슛! 골인!"

나는 서라 사물함 속으로 실내화를 던졌다. 아주 힘껏!

사물함에 정확하게 꽂힌 실내화를 꺼내 다시 슛을 날렸다. 이번에도 골인이었다.

"우우우우우우."

아이들이 입을 모아 응원했다.

"뭐하는 짓이야?"

교실로 들어선 서라가 얼굴이 벌게져서 소리쳤다. 뭐하는 짓이긴, 보면 모르냐? 실내화 던지는 짓 하고 있다, 왜? 나는 또 다시 사물함을 향해 성큼성큼 걸어갔다. 그리고 실내화를 꺼내려는 찰나, 뭔가 들어 있는 까만 비닐봉지가 실내화에 끌려 나왔다.

"왜 그러느냐고?"

서라가 내 등을 찰싹 내리쳤다. 얼마나 힘이 센지 등짝이 내려앉는 거 같았다. 서라는 황급히 실내화에 딸려 나오는 것을 움켜잡았다.

"씨발놈."

서라는 그것을 껴안고 눈을 하얗게 흘기며 자리로 돌아갔다. 그러고는 가방에 그걸 쑤셔 넣었다.

"왜 지랄이야?"

서라는 튀어나온 입을 앙다물며 욕을 해댔다.

서라가 그렇게 성질을 박박 내는 것은 처음이었다. 아주 찬바람이 쌩쌩 불어서 숨도 제대로 쉴 수가 없었다. 가방에 쑤셔 넣은 것의 정체가 궁금했다. 사물함에 대고 실내화 좀 던졌다고 해서 저렇게 화를 낼 서라가 아니다. 분명 그것 때문이다. 은밀하게 감 춰놓은 그것이 실내화 때문에 들통날 뻔했으니. 그런데 그게 대 체 뭘까?

오 교시는 체육이었다. 밥도 먹은 둥 만 둥 쓸데없는 곳에 기운 을 뺐더니 도저히 운동장에 나갈 힘이 없었다. 하지만 젖 먹던 힘 까지 모두 짜내 운동장으로 나갔다.

체육 선생님의 별명은 냉혈인간이다. 다른 학교 아이들 얘기를 들어보면 체육 시간은 자유의 시간이라고 했다. 잠깐의 쉼을 주 는 시간 말이다. 축구도 하고 농구도 하고 여자아이들은 수다도 떨고, 그야말로 우리가 바라는 그런 시간 말이다.

그런데 우리 체육 선생이라는 냉혈인간은 별명대로 인정사정 안 보고 원칙대로 밀어붙인다. 무엇을 하든 준비 체조부터 하고 준비 체조가 마음에 들지 않으면 운동장을 서너 바퀴 돌린다.

웬만해서 봐주는 일도 없다. 아프다고 하면 어디가 아프냐, 언 제부터 아프냐, 운동장에 나가 서 있을 힘도 없을 정도로 아프냐, 꼬치꼬치 묻는다. 절대 걱정이 되어 묻는 것은 아니다. 거기에 일 일이 대꾸하는 거보다 차라리 운동장에 나가는 게 훨씬 쉽다.

"컬럭컬럭."

오늘따라 준영이 기침이 심했다.

"너는 왜 이렇게 노인 해소 기침하듯 기침을 해대냐? 감기냐?"

얼굴이 벌게지고 목에 핏줄까지 서면서 얼마나 불쌍하게 기침을 해대는지 냉혈인간이 걱정스런 표정을 다 지었다.

"감기 아닌데요."

"그럼 불치병에라도 걸렸냐?"

하여간 말하는 거 하고는. 선생님이라는 사람이 꼭 저렇게 말하고 싶을까.

"아닌데요."

"그래? 그럼 다행이다. 창고에 가서 매트 좀 갖고 와라."

냉혈인간은 나와 준영이에게 심부름을 시켰다.

매트니 공이니 체육 시간에 필요한 것들은 학교 중앙 건물 뒤쪽 창고에 있었다.

"체육 시간마다 꼭 이렇게 해야 하냐? 힘들다, 힘들어. 좀 쉬고 싶다, 쉬고 싶어."

창고로 가며 준영이가 성질을 부렸다.

"잠깐."

매트를 꺼내던 준영이가 내 손을 잡았다. 그러고는 양말 발목 부분을 까더니 담배 한 개를 꺼냈다.

"뭐하냐?"

나는 당황했다. 여기는 학교다.

"놀라기는. 졸업한 선배들이 그러는데 여기가 최고의 흡연 구역이란다. 나는 이미 여기에서 몇 번 해봤다. 너, 지금 머리도 아프고 그렇지? 아까 서라 때문에 스트레스도 만땅이지?"

그래 서라 때문에 스트레스 만땅인 거는 사실이다.

준영이는 창고 구석으로 가더니 놀랍게도 라이터를 찾아 들고 왔다. 그러고는 재빨리 담배에 불을 붙였다.

"여기 창문에 대고 뿜어라, 컬럭컬럭."

준영이는 힘껏 담배를 한 번 빨고 난 다음 내 입에 물려주었다. 빠른 속도로 세 모금씩 빨고 나서 담뱃불을 껐다.

"좋지?"

준영이가 물었다.

"좋다."

"이제 맛 좀 아는군, 컬럭."

준영이 말대로 머릿속이 한순간 맑아지는 기분이었다. 그리고 뭔가 대단한 일을 한 건 한 것 같은 기분도 들었다. 무거운 매트가 솜처럼 가뿐하게 느껴졌다.

"입 벌려라."

준영이는 내 입에 뭔가를 착착 뿌려줬다. 그러자 입 안 가득하던 담배 냄새가 사라졌다. 준영이는 매트를 펄럭이며 나에게 부채질을 해댔다. 나도 준영이에게 매트 부채질을 했다.

"그런데 성돈아."

매트 뒤쪽을 들고 따라오던 준영이가 불렀다.

"왜?"

"너, 되게 멋있어졌다."

무슨 말을 하는 건지. 나는 뒤돌아봤다.

"담배 피우는 폼 말이야. 죽인다고, 컬럭."

준영이는 한쪽 눈을 끔벅거렸다. 공연히 어깨가 으쓱 올라가고
기분이 좋아졌다.

암만동 놀이터 살인사건

장마철도 아닌데 비가 또 내렸다. 밤새 천둥 번개까지 동반한 빗소리 때문에 자다가 몇 번이나 잠에서 깼다. 그러다 새벽이 되면서 비가 좀 잦아들었다. 나는 두 시간만 더 자기로 마음먹고 단잠에 빠져들었다.

얼마나 잤을까? 무지막지하게 큰 목소리에 눈을 번쩍 떴다. 아빠였다. 아빠는 거실에서 고래고래 소리 지르고 있었다. 누가 대리비를 주지 않아서 싸우고 오는 중이라고 했다. 그 사람 목을 졸라버리려다 참고 오는 중이라고 했다. 돈도 없는 것들이 술을 마시고 대리 부른다고, 이 세상에는 살아서는 안 될 인간 말종들이 많다고, 모두 포크레인으로 싹쓸이해 버려야 한다고, 가래가 그렁거리는 목소리로 쉬지 않고 외쳤다. 그리고 대리비를 주지 않은 그 사람의 집은 알고 있으니 언젠가는 꼭 받으러 갈 거라고 했다. 찾아가서 가만두지 않을 거라고, 살면서 제대로 된 임자 만난 줄 알라면서, 끝도 없이 소리쳤다.

"그리고 말이야. 우리 동에 경비는 왜 자러 들어가서 새벽 네 시가 넘도록 경비실에 안 나오나? 이것들이 한번 맛을 봐야 하나?"

이번에는 아빠의 분노가 경비에게 향했다.

"하는 것도 없이 매일 앉아서 놀다가 밤 열두 시 땡! 하면 들어가서 잠이나 자고."

"그만 좀 해."

엄마가 참다못해 짜증을 부렸다.

"다른 사람들도 다 자기 할 일 하고 살아. 제발 그만 좀 하라고. 세상에 왜 그렇게 불만이 많아?"

"밤새 일하고 들어온 사람에게 그만 좀 하라고? 그게 할 소리야, 응?"

아빠는 그렇지 않아도 화풀이 상대가 필요했는데 옳다 잘 되었구나 싶었는지 엄마를 잡고 질질 늘어지기 시작했다.

"내가 혼자 잘 먹고 잘 살자고 밤새 밖에서 대리운전 하는 줄 알아? 한밤중에 술 마신 인간들 태우고 집에 데려다주기가 어디 쉬운 줄 아느냐고? 내가 돈 몇 푼 벌기 위해 새파랗게 젊은 놈들한테 머리 굽신거리며 산다고, 알아?"

"그럼 하지 마."

"뭐?"

"하기 싫으면 하지 말라고. 그렇게 해서 벌어다 주는 돈으로 밥 먹으면 살로 가지도 않아."

"지금 나 깔보는 거야? 내가 예전처럼 돈도 못 벌고 빈털터리니까 깔보는 거 맞지?"

드디어 아빠의 억지가 시작되었다. 아빠는 무슨 말을 하다가도 꼭 불리하게 되면 깔보느냐고 억지를 쓴다. 엄마가 입을 다물었다.

"대답하란 말이야? 내가 예전에 돈 잘 벌어다 줄 때는 이러지 않았잖아?"

엄마는 땅이 꺼질 듯한 한숨을 토해냈다.

"야, 감성돈."

엄마가 침묵하자 아빠가 나를 불렀다.

일어나서 나가야 하나 말아야 하나 망설이는데 구원투수처럼 누나가 나섰다.

"아빠."

누나는 특유의 표독스런 말투로 아빠를 불렀다. 보이지는 않지만 주춤거리는 아빠 모습이 눈앞에 떠올랐다.

"좀 조용히 해. 아직 캄캄한 새벽이야. 이 동네에 우리만 살아? 창피해서 못 살겠네."

"뭐어? 좀 조용히 해? 내가 네 친구냐? 말투가 그게 뭐야?"

우당탕탕.

뭔가를 집어던지는 소리가 들렸다.

"나이는 스물셋이나 먹어 갖고 아직도 아빠한테 반말이나 지껄이고. 도대체가 네가 제대로 하는 일이 뭐가 있어?"

이제 누나도 안전지대가 아니다. 엄마나 나에게는 나오는 대로 말을 던지고 보는 아빠였지만 적어도 누나에게는 그러지 않았었다. 그런데 그 안전지대가 와르르 무너지는 순간이었다.

"내가 제대로 못하는 거는 뭐야?"

누나도 지지 않았다.

"시끄러! 너 내가 택시 할 때 학교 앞에서 나 본 적 있어, 없어? 있지? 그때 너, 나를 모른 척하고 그냥 지나갔지? 그렇게도 내가 창피하냐?"

이쯤 되면 쉽게 끝날 레퍼토리가 아니다. 시장 앞에서 엄마가 아빠를 모르는 척했다는 이야기도 나올 테고 내가 친구와 같이 가다 아빠를 봤는데 황급히 뒤돌아서서 갔다는 이야기도 나올 거다. 정말 억울한 것은 나는 그런 기억이 없다는 거다. 아빠는 나를 봤는지 몰라도 나는 아빠를 본 적이 없다. 그런데 황급히 돌아서서 갔다니. 사람이 환장할 노릇이다. 뭐, 진짜로 그런 일이 있었다면 정말 황급히 돌아설 수도 있었겠지만 말이다.

엄마와 누나가 아빠 말대로 그랬는지 어쨌는지는 잘 모르겠다. 어쩌면 엄마와 누나도 나처럼 억울하고 환장할 노릇이라고 가슴을 칠 수도 있다.

"도대체 왜 그래? 당신 좀 이상해진 거 알아?"

엄마가 침묵을 깨고 말했다.

아빠가 이상해진 것은 사실이다. 그동안의 모든 삶이 신기루처럼 사라지고 듣도 보도 못한 낯선 삶의 한가운데 서게 되던 그때부터 아빠는 조금씩 이해할 수 없게 변해갔다.

아빠는 엄청난 돈을 잃고 나서도 큰소리쳤었다. 그깟 돈 또 벌면 되는 거지 뭘 그러느냐고 말이다. 돈이란 있다가도 없고 없다가도 있는 거라고 말했었다. 하지만 열여섯 살 먹은 내가 볼 때 돈이 있다가 없는 것은 쉬워도 없다가 있는 것은 쉽지 않은 일이다. 그것은 진리였다. 아빠는 그 진리를 모든 거 다 날리고 회사를 그만둔 지 한참이 지나서야 깨달았다. 그리고 앞으로의 날들이 결코 평탄치 않을 것이라는 걸 알게 된 것이다. 그 뒤로 아빠는 로또를 사게 되었고 "내가 나이만 조금 젊었어도." 이런 말을 자주 했다. 아빠 나이 지금 쉰한 살이다.

그 뒤로 또 하는 말이 "내가 돈이 없고 돈도 못 버니까 깐보는 거지?" 이 말이다. 아빠가 그 말을 할 때마다 엄마는 속 터져 한다. 처음에는 가족끼리 깐보는 게 어디 있느냐고 살살 어르고 달래듯 말하며 아빠 자존심을 건드리지 않으려고 애썼다. 하지만 듣기 좋은 꽃노래도 한두 번이라고 엄마는 이제 아빠가 그 말을 하면 그대로 입을 다물어버린다.

"아빠, 정신병원 가야 할 거 같아."

이때 누나가 대형 사고를 쳤다.

"뭐어? 정신병원?"

나는 아빠 목소리가 천장을 뚫고 펄쩍 뛰어오르는 순간 가방을 메고 집에서 나와버렸다. 나오다 생각하니 이 와중에 학교는 가야겠다고 가방을 메고 나온 내가 너무 웃겼다. 그닥 공부와 친하지도 않으면서 말이다.

습관이다, 습관. 초등학교 육 년, 중학교 들어와 삼 년째. 날만 밝으면 습관처럼 가방을 메고 집에서 나왔으니 가방은 어느새 내 분신이 되어 있는 거다.

밖은 아직도 어두웠다. 그친 줄 알았던 비가 다시 내리고 있었다. 헐!

상가 쪽으로 걸어가며 뿌연 가로등 불빛에 드러난 내 바지를 본 순간 기절할 만큼 놀랐다. 수면 바지를 입고 있었다. 노란색 바탕에 분홍 나비 그림이 그려진 수면 바지는 원래는 누나 거였다. 그런데 너무 큰 걸 사오는 바람에 이리저리 뒹굴다 어떻게 내 방까지 들어오게 되었다.

다른 날 같으면 이런 수면 바지 같은 거는 입지 않고 잔다. 팬티 바람이 가장 자유롭고 편했다. 그런데 비가 내려서인지 어젯밤에는 제법 추웠다. 잠결에 나도 모르게 장롱을 열고 수면 바지를 꺼내 입은 것이다.

'어쩌지?'

황당했다. 그렇다고 집으로 돌아갈 수도 없었다. 오늘 레퍼토리를 보아 아빠가 방으로 들어가 잠을 자려면 적어도 두 시간에서 세 시간 정도는 더 있어야 한다.

아, 씨발 진짜 가지가지 한다.

할 수 없이 준영이에게 톡을 했다.

—바지 하나만 갖다 줘라.

아무리 기다려도 대답이 없었다. 대답은커녕 톡 확인도 하지 않았다. 아직 자는 모양이었다.

할 수 없이 전화를 했다. 신호음이 끊기도록 받지 않았다. 망설이다 다시 전화를 해도 마찬가지였다.

컴컴한 상가 안으로 들어가 계단에 쪼그리고 앉았다. 빗소리는 점점 더 거세지고 엉덩이 안으로 차가운 기운이 스며들었다. 문득 나는 누구인가? 이런 야릇한 생각이 들었다. 나는 또 왜 여기서 이러고 있는가? 그 생각을 하자 갑자기 슬퍼졌다. 끝도 보이지 않는 좁고 긴 터널 속에 서 있는 기분이었다.

나는 자리를 털고 일어났다. 날이 밝기 전에 어떤 해결책을 찾아야 할 거 같았다. 그 해결책이라는 것이 아무리 생각해 봐도 집에 들어가는 거 밖에 없지만 말이다.

철벅 철벅.

빗소리와 내 발자국 소리만이 새벽을 울렸다.

수면 바지를 입고 책가방을 멘 채 비 내리는 새벽 거리를 걸어 봤는가? 이상하게 알지 못할 자유로움이 스멀거리며 머릿속으로 기어들었다. 우산은 있어도 그만 없어도 그만, 비는 맞아도 그만 피해도 그만이라는 생각이 들기도 했다.

이상했다. 정말 불현듯 담배가 생각났다.

'아씨 담배도 없는데.'

그 생각을 하자 더욱 담배 생각이 간절해졌다.

나는 허리를 굽히고 땅바닥을 살폈다. 담배꽁초를 줍는다고 하더라도 비에 젖어 죽이 되어 있을 것이다. 피울 수도 없다는 걸 알면서도 애타게 그걸 찾고 있었다. 개똥도 약에 쓰려면 없다더니 담배꽁초 그림자도 없었다.

'아하, 놀이터.'

번개처럼 빠르게 놀이터가 떠올랐다. 경비 할아버지가 아침마다 담배꽁초를 한 무더기씩 치운다고 했었지. 나는 걸음을 빨리했다. 혹시 피울 수 있는 담배꽁초를 주우면 아주 깊게 연기를 빨아들이리라.

놀이터 입구를 지날 때 벤치에 길게 널브러져 있는 물체가 보였다. 커다란 자루 같기도 하고 그냥 쓰레기 더미처럼 보이기도 했다. 그냥 지나갈까 하다가 천천히 그곳으로 다가갔다.

비는 내려도 날은 밝고 있었다. 뿌옇게 모습을 드러내는 물체를 확인하는 순간 가슴이 덜컥 내려앉았다. 사람이었다. 좀 더 가까이 다가섰다.

양복에 넥타이까지 한 남자가 비를 흠뻑 맞은 채 하늘을 향해 가슴을 펴고 누워 있었다. 얼굴을 따라 빗물이 흐르고 있었다.

'죽었나?'

순간 숨이 막혔다. 조금의 움직임도 없이 누워 있는 모습이 산 사람보다는 죽은 사람에 가까워 보였다.

'혹시 살인사건?'

그 생각을 하자 가슴속에서 소나기처럼 뭔가가 후드득 떨어졌다. 그냥 지나가려고 주춤거리며 뒤로 물러섰다. 그러다 생각이 바뀌었다. 사람이 저러고 있으면 적어도 죽었는지 살았는지는 확인을 해야 한다.

나는 휴대폰을 꼭 쥐고 천천히 남자 앞으로 다가섰다. 바로 코앞까지 가까이 다가서자 술 냄새가 물씬 풍겼다.

'에이, 술 취해서 자는 거잖아?'

그제야 차갑게 굳었던 몸에 따뜻한 피가 도는 느낌이 들며 몸이 훈훈해졌다. 참, 어지간히도 둔한 사람인가 보다. 아무리 술에 취해도 그렇지. 이 비를 다 맞으며 잠이 오냐, 잠이 와?

"아저씨."

나는 남자의 어깨를 흔들었다.

그야말로 물에 빠진 생쥐 꼴이었다. 쏟아지는 비를 다 맞았으니 몸이 불어도 제대로 불어터졌겠다. 남자는 내가 흔드는 대로 아무런 저항도 없이 흔들렸다.

"아저씨."

손바닥으로 얼굴을 살살 때렸다. 얼굴이 얼음처럼 차가웠다. 남자가 몸을 움직이더니 옆으로 돌아누웠다.

아주 자기네 집 안방인 줄 아는 모양이네. 그때 내 눈이 남자의 안주머니로 향했다. 지갑이 보였다. 그리고 그 옆으로 담배가 삐죽 삐져나왔다.

지갑보다 담배에 눈이 꽂혔다. 나는 망설이다 조심스럽게 손을 뻗었다. 손가락의 떨림이 온몸으로 느껴졌다. 나는 심호흡을 한 다음 재빠르게, 그러나 남자가 절대 알아채지 못하게 담배를 꺼내 들었다. 무슨 느낌이 들었는지 남자가 몸을 뒤척였다.

수면 바지 주머니에 담배를 넣고 돌아섰다. 그러고는 뒤도 돌아보지 않고 상가 쪽으로 뛰었다.

계단에 쪼그리고 앉아 가방을 뒤져 라이터를 꺼냈다. 담배에 불을 붙이고 길게 한 모금 빨아들였다. 여전히 손가락은 떨리고 있었지만 가슴은 조금씩 평온을 찾아갔다.

놀이터 앞에서 사람이 죽었다는 말을 들은 것은 학교에서 돌아온 뒤였다. 아침에 베란다에 던져놓고 간 수면 바지를 빨고 있을 때 누나가 "어떻게 해, 어떻게 해." 호들갑을 떨며 들어왔다.

"놀이터 앞에서 사람이 죽었대."

인터넷만 들어가면 하루에도 수많은 사람들이 죽었다는 기사가 뜨는데 뭐 사람 죽은 거를 갖고 저 호들갑인가 싶다가 놀이터라는 말에 수면 바지를 내던지고 벌떡 일어났다. 놀이터라고? 분명 놀이터라고 했지.

"놀이터 앞에서 누가 죽었는데?"

말을 하는데 불안감이 가슴을 서늘하게 지나갔다.

"몰라. 남자라고 하던데."

쿵!

나는 뭔가 둔탁한 것으로 머리를 얻어맞은 느낌이었다. 오늘! 놀이터 앞! 남자! 세 개의 퍼즐은 완벽하게 맞아떨어지고 있었다.

고개를 흔들었다. 오늘! 놀이터 앞! 남자! 내가 생각하는 퍼즐이 아닌 다른 퍼즐로도 충분히 맞출 수 있는 거 아닌가. 오늘은 이십사 시간이고 놀이터 앞은 수많은 사람들이 왕래하는 곳이다. 그리고 지구 위에 절반은 남자다. 나는 스스로 위로하며 숨을 크게 들이쉬었다 내뱉었다.

"살인사건이야?"

겨우 힘을 짜내어 물었다.

"아직 잘 모른대. 아침에 발견되었는데 경비가 바로 신고했다더라. 구급대가 와서 싣고 갔는데 그때 이미 죽었다던데 뭐. 우리 아파트 사람 같지는 않은가 봐. 경찰에서 조사를 하고 있다니까

살인사건이면 범인도 잡히겠지. 아, 진짜 살인사건이면 무서워서
어떻게 하냐?"

누나는 몸을 바르르 떠는 시늉을 했다.

나는 경비실로 내려갔다. 경비실 앞에는 대여섯 명이 모여 그
이야기를 나누고 있었다.

"그러니까 뭐예요? 살인사건 같다는 건가요?"

뚱뚱한 여자가 경비에게 따지듯 물었다.

"그건 아직 확실히 모른다니까요."

"누군지는 알아냈나요?"

머리를 틀어 올린 할머니가 물었다.

"글쎄요. 우리 아파트에 사는 거 같지는 않아요. 처음 보는 얼
굴이었거든요."

조금 전 누나에게 들은 정보 외에 다른 말은 없었다.

"어떻게 생겼는지 인상 착의를 게시판에 붙여놓기라도 해야 하
는 거 아니에요? 우리 아파트에서 죽었으면 이곳과 상관이 있는
사람일 거 같은데. 어떻게 생겼던가요?"

다시 뚱뚱한 여자가 물었다.

"글쎄요. 하도 놀라서 자세히 보지 못해서 얼굴은 잘 생각나지
않는데 양복을 입고 있더라고요. 빨간 넥타이를 하고."

꿀걱!

마른침이 넘어갔다. 뒤돌아서는데 다리가 후들거렸다. 혹시나

했는데 완벽한 퍼즐이었다.

"대체 언제 그 사건이 일어난 거래요?"

또 뚱뚱한 여자 목소리다.

"모르겠어요. 어젯밤에 죽은 건지 새벽에 죽은 건지. 아침에 발견했는데 확실한 거는 경찰에서 알아내겠지요."

나는 분명히 봤다. 내가 봤을 때만 해도 그 남자는 분명 살아 있었다. 옆으로 돌아눕는 걸 두 눈으로 똑똑히 봤다. 가만있자, 그때가 몇 시였더라? 다섯 시쯤? 아니 다섯 시 삼십 분쯤?

"시시티브이(CCTV)는요?"

헉! 나는 시시티브이라는 말에 온몸이 감전되듯 찌릿했다. 그 충격은 대단했다. 나는 마치 얼음덩어리가 된 것처럼 손가락 하나도 움직이기 힘들었다.

"아까 경찰에서 가져갔어요. 곧 범인의 정체를 알 수 있을 거예요."

큰일이다! 어떻게 하지? 거기에는 분명 내 모습도 찍혔을 텐데.

나는 사람을 죽이지 않았다. 담배만 꺼냈을 뿐이다. 그리고 그때 담배 주인은 분명 살아 있었다. 이렇게 말한다면 과연 믿어줄까?

거짓말 하지 마. 시시티브이에 네가 찍혔잖아. 찍힌 사람은 너밖에 없어. 그런데 아니라고? 그걸 믿으라고? 담배만 꺼냈다는 그 말을 너 같으면 믿겠냐? 이러면 어쩌지?

아, 미치겠다. 왜 하필 그때 미치도록 담배 생각이 나서 이런 일이 생긴담. 책상 밑에 숨겨놓은 나머지 담배는 어떻게 하지? 버려야 하나? 담배에 남자의 지문이 묻어 있을 텐데. 만약 시시티브이에 찍힌 나를 발견하고 경찰이 우리 집을 덮쳤을 때 담배를 들킨다면 큰일이다. 버리자, 버려. 마음이 급해졌다. 나는 뛰어서 집으로 돌아왔다.

나는 사람을 죽이지 않았다

"뭐? 그럼 네가 사람을 죽인 게 되는 거야?"

준영이가 거친 숨을 내뱉으며 물었다.

"좀 조용히 해, 이 새끼야."

무슨 말을 해도 침착하게 들어야 한다고 그렇게 말했는데도. 하긴 준영이가 그럴 만도 하지만 말이다. 아침저녁으로 얼굴 보는 친구라는 놈이 뜬금없이 살인사건에 연루되었다고 하는데 놀라지 않으면 그게 더 이상하지.

나는 세상에 태어나 어젯밤처럼 두려운 밤을 보낸 적이 없다. 길고 끔찍했다. 잠은 오지 않고 밤이 깊을수록 정신은 맑아져 갔다. 겨우겨우 잠이 들라치면 시시티브이가 꿈속에 나타났고 나는 그대로 벌떡 일어나 앉았다. 아침에 일어나 거울을 봤을 때 그야말로 해골바가지처럼 퀭한 모습의 낯선 아이 하나가 그 안에 있었다.

"그럼 이제 어떻게 하냐?"

준영이가 속삭이듯 물었다. 빨간 담뱃불이 준영이 얼굴을 비추었다. 준영이 얼굴은 심각했다. 준영이의 그런 모습을 보자 가슴이 후드득 떨렸다.

"만약 시시티브이에 나만 찍혔다면 빼도 박도 못 하는 거지."

눈가가 시렸다. 이 세상에 억울한 일을 당하는 사람이 한둘이 아닐 텐데 그게 내가 아니라는 법은 없다.

"미치겠네. 왜 새벽부터 돌아다니고 지랄은 해서."

"내가 돌아다니고 싶어서 돌아다녔냐? 말했잖아, 집에 사정이 생겨서 일찍 나온 거라고. 그리고 네가 내 전화만 받았어도 그런 일은 없었을 거다."

"왜 내 탓을 하고 지랄이야. 진짜 큰일이네, 미치겠네."

준영이가 담배 연기를 깊이 빨아들였다. 잠시 침묵이 흘렀다.

"그럼 자수해라, 컬럭."

준영이는 담배 연기와 함께 기침을 내뿜으며 말했다.

"야, 내가 진짜 사람을 죽인 것도 아닌데 자수는 무슨 자수를 해?"

나도 모르게 큰 목소리를 내다 놀라서 주먹으로 입을 막았다.

"사람을 죽인 게 될 수도 있잖아. 그러니까 자수를 해서 사실대로 말하는 게 낫잖아. 공연히 입 다물고 있다가 시시티브이 판독이 끝나고 나서 잡히면 어쩔래? 그때는 변명하기도 늦어."

잠깐!

나는 준영이 입을 막으며 숨을 죽였다.

"왜?"

나는 침을 삼키며 문을 가리켰다. 분명 인기척이 느껴졌다. 점심시간인데 지금 이 시간에 창고에 올 사람은 없다. 하지만 내가 느낀 것은 인기척, 사람의 움직임이었다.

준영이가 담뱃불을 껐다. 깊은 밤보다 더한 고요가 흘렀다. 멀리서 아이들이 떠드는 소리가 들렸다.

"왜?"

준영이가 속삭였다.

"아니, 내가 잘못 들었나 봐."

"점심시간 끝나가겠다. 나중에 다시 얘기하기로 하고 그만 가자."

준영이가 담뱃불을 마저 끈 다음 자리를 털고 일어났다.

교실로 들어오는 것과 동시에 오 교시 시작종이 울렸다. 오 교시는 수학이었다. 담임 시간이다.

나는 수학책을 세우고 인터넷 검색을 시작했다. 검색창에 '암만동 놀이터 살인사건'을 치자 생각보다 훨씬 많은 글이 떴다.

ㅡ과연 살인이 맞는가? 살인이라고 하기에는 미심쩍은 부분이 꽤 많음.

ㅡ시시티브이만이 알고 있다.

—곧 경찰 조사 발표 있을 예정.

시시티브이라는 단어를 보는 순간 숨이 턱 막혔다. 속이 바짝
마른 나뭇잎처럼 바삭바삭 타들어 갔다.

픽.

그때 야무지고 단단한 바윗돌 같은 것이 내 등을 내리쳤다.

"아주 그냥 폭 빠지셨네, 빠지셨어. 야, 누가 수업 시간에 스마
트폰 들여다보고 있으랬어?"

담임이 시퍼런 광채가 이글거리는 눈빛으로 쏘아보고 있었다.
아래에서 바라본 담임의 커다란 콧구멍은 분노를 참지 못해 심하
게 씰룩거리고 있었다. 길고 거친 코털이 담임이 숨을 들이쉬고
내쉴 때마다 들락거렸다.

"대체 뭘 보고 있는 거야?"

담임이 휴대폰을 낚아채려고 했다. 나는 온몸을 던져 담임의
손을 막았다.

"어라? 이거 진짜 수상한데."

"선생님. 수상한 거 절대 아닙니다."

"그럼 왜 필사적으로 내 손을 거부하지? 혹시 야한 거냐?"

야한 거라니, 무슨 그런 말씀을.

"나는 꼭 봐야겠다."

담임은 이를 악물더니 기어이 휴대폰을 빼앗아갔다.

"얼씨구. 암만동 놀이터 살인사건? 암만동이면 학교 바로 옆 동네 아니냐? 거기에서 살인사건이 있었냐?"

순식간에 교실이 어수선해졌다.

"선생님. 아직 살인사건이라고 말할 수도 없어요. 사람이 죽기는 죽었는데 살인사건인지 아닌지 밝혀지지 않았거든요. 아직 경찰의 정식 발표도 나지 않았어요."

민지였다. 흔들림 없는 말투, 표정, 무덤덤한 민지 특유의 모습으로 찬찬히 설명했다.

"음, 그러냐? 그런데 이거하고 감성돈 너하고 무슨 상관이냐?"

"예?"

"너하고 이 사건하고 무슨 상관이냐고?"

"우, 우, 우리 아파트거든요."

"그으래에?"

담임은 짐짓 놀라는 표정을 짓더니 내 휴대폰을 담임 주머니에 넣었다.

"선생님."

나는 깜짝 놀라 자리에서 일어나며 두 손을 내밀었다.

"왜? 아하, 스마트폰? 압수다. 오늘 수업 다 끝나고 찾아가라."

담임은 아무 일도 없었다는 듯 앞으로 나갔다. 그때 서라와 눈이 마주쳤다. 서라는 나를 빤히 쳐다보며 튀어나온 입을 오물거렸다. 무슨 할 말이 있는 듯했다. 또 뭘 참견을 하고 싶어서? 지금 머릿속도 엉망진창이고 심란해 죽겠는데 쓸데없는 참견은 정말 사절이다. 입만 벌려봐라, 하는 표정으로 서라를 쏘아봤다. 서라는 내 표정을 보더니 공연히 나섰다가 된통 당하겠다 싶었는지 튀어나온 입을 쏙 집어넣었다.

"감성돈."

앞을 똑바로 보고 앉던 서라가 슬머시 고개를 돌렸다. 저게 또 왜 저러나 싶은 마음이 들어 짜증이 확 몰려왔다.

"야, 감성돈."

왜, 왜, 왜, 왜? 나는 대답 대신 코끝을 있는 대로 찡그리며 눈을 부라렸다. 서라가 의자를 당기면서 내 옆으로 바짝 다가왔다. 나는 고개를 돌려 서라를 쳐다보려다 기겁해서 멈췄다. 까딱 잘못했으면 입을 맞출 뻔했다. 이게 미쳤나? 수업 시간에 뭘 지랄이람. 나는 몸을 뒤로 뺐다. 그러자 서라는 제 몸을 앞으로 내밀었다.

"너 있지……."

서라가 침을 꼴깍 삼켰다. 저 눈빛은 뭐지? 왜 저렇게 심각한 거야.

"사람 죽였냐?"

뭐어?

나도 모르게 자리를 박차고 일어났다.

"이 미친년이 무슨 말을 하는 거야?"

아차! 소리를 내지르고 나서야 나는 내가 지금 무슨 짓을 하고 있는 건지 깨닫고는 당황했다.

"왜 그래?"

담임이 바라봤다.

"그, 그, 그게."

"왜 그러느냐고? 왜 신성한 교실에서 신성한 수업 시간에 욕지거리를 하고 난리냐고? 그 욕이 수업 시간에 나올 욕이야?"

그러게요. 절대 수업 시간에 할 욕은 아니지요. 그것도 좀 전에 한 욕은 평소에는 잘 쓰지도 않는 욕이거든요. 촌스럽고 조금의 세련미도 없어서 쓰는 사람까지도 촌스럽고 무식해 보이는 욕. 누나라는 인간한테 딱 몇 번 하면서도 왠지 창피스러웠던 욕. 오죽 당황하고 놀랐으면 이런 욕이 다 튀어나왔을까.

"왜 욕은 하고 난리냐고?"

담임이 다시 물었다.

나는 당황해서 담임의 화난 표정은 눈에 들어오지 않았다. 서라가 눈을 깜박거리며 나를 가만히 쏘아봤다.

"왜 그러느냐고 묻잖아?"

담임은 들고 있던 책이라도 던질 폼이었다.

"선생님."

민지가 나섰다. 쟤는 또 왜 저래?

"사실대로 말해도 되나요?"

민지가 담임을 똑바로 보며 물었다. 왜 또? 뭘 사실대로 말해도 되느냐고 묻는 거야? 이건 뭐, 교실이 온통 시한폭탄 창고다.

"그래, 사실대로 말해라. 나는 진실을 좋아하고 사랑한다."

"서라와 성돈이가 입을 맞추려고 한 거 같아요."

뭐야, 이건 또. 뭔가가 뒤통수를 후려치고 간 거 같았다.

서라도 민지 말에 놀란 모양이었다. 툭 튀어나온 입이 떡 벌어지더니 멍하니 민지를 쳐다봤다.

"무슨 말이야? 서라와 성돈이가 수업 시간에 입을 맞추려고 했다고?"

담임이 민지에게 물었다.

"예."

민지는 조금의 흐트러짐도 없이 똑바로 앉아 대답했다.

"입을 맞추려고 했는데, 그런데 왜 성돈이가 서라에게 욕을 하며 일어나냐?"

"그것까지는 잘 모르겠는데요. 분명 둘이 은밀하게 가까이 붙어 앉고 성돈이가 서라를 향해 재빠르게 고개를 돌리는 것을 제가 똑똑히 봤어요."

"은밀?"

"예."

"감성돈, 박서라. 사실이냐?"

나는 두 손을 마구 휘저으며 아니라는 의사를 밝혔다. 하도 기막혀서 말도 나오지 않았다. 서라는 얼굴이 벌게져서 어쩔 줄 몰라 했다. 아니라고 말은 해야지 저러고 있으면 어떻게 하느냐고.

"아니에요."

나는 겨우 마음을 추스르고 말했다.

"너희 둘이 지금 잔뜩 붙어 앉아 있는 거는 사실이잖아?"

담임이 소리를 빽 질렀다. 나는 황급히 의자를 끌어 서라에게서 떨어졌다. 민지 쟤가 미쳐도 단단히 미쳤다. 은밀은 무슨, 입을 맞추려고 해? 아이고, 환장하겠다.

"감성돈."

담임이 이를 악물고 내 이름을 불렀다.

"아니라고요."

나는 주먹을 쥐어 책상을 내리쳤다. 하지만 담임은 이상야릇한 얼굴로 나를 잠깐 바라봤다. 뭐야, 저 눈빛은.

"너, 알파고라고 알지?"

담임이 물었다.

"알파고요?"

어디서 듣던 말이다.

"그래, 알파고. 인공지능 로봇이다. 얼마 전 바둑에서 인간을 이겼지. 대부분의 사람들이 바둑은 절대 기계가 접근할 수 없을 거라고 믿었었지. 그런데 그게 아니었어."

왜 갑자기 저런 말을. 나하고 그 알파고인지 뭔지하고 뭔 상관이라고. 그리고 나는 바둑은커녕 오목밖에 못 두는데.

"무섭지 않니?"

"뭐가요?"

"어쩌면 훗날, 네가 할 일이 이 세상 어디에도 없을 수 있어. 그럼 어쩌겠어. 기름 친 수건으로 알파고 머리를 반들반들 닦아주는 일이라도 해야지. 알파고에게 굽신거리고 살 수도 있다는 말이야. 쪽팔리게. 기계의 하수인이 되지 않으려면 정신 똑바로 차리라고. 수업 시간에 뽀뽀나 할 생각하지 말고."

"아니에요."

그제야 서라가 나섰다. 벌겋던 얼굴은 그새 창백해져 있었다.

"한 번만 더 이런 일 있으면 알아서 해라. 내가 지켜볼 거다."

담임은 수학책을 집어 들었다.

"대체 무슨 일이야?"

쉬는 시간에 준영이가 물었다.

"지금은 말 못 해. 나중에."

상황이 상황인 만큼 반 아이들 눈치가 보여서 입도 벙긋하기 어려웠다. 준영이는 도저히 궁금해서 못 참겠는지 나를 잡아끌었다. 나는 준영이에게 이끌려 창고로 갔다. 쉬는 시간 십 분! 창고에서 볼일을 보기에는 빠듯한 시간이었다.

"담배 피우자는 말이 아니라 말을 하라고, 말을. 무슨 일이야? 궁금해서 못 살겠다. 정말 서라랑 뽀뽀하려고 했던 거야?"

에라이, 이 미친놈아. 나는 준영이 머리통이 깨지라고 주먹을 날렸다.

"그럼 무슨 일이냐고?"

"서라가 나보고 사람 죽였냐고 물었다."

준영이 입이 떡 벌어졌다.

"너도 기가 막히지? 나도 아까 하도 기막혀서 죽을 뻔했다."

"서라가 대체 뭘 어느 정도 알고 저런 말을 하는 거지? 아무리 시간이 없어도 이건 그냥 대화할 문제가 아니다."

준영이는 감춰둔 담배를 찾아왔다.

깊게 한 모금 빨고 연기를 내뿜자 후드득 거리던 마음이 조금은 안정되었다.

"이제 완전하게 중독된 거 같다, 컬럭."

준영이가 혼잣말로 중얼거렸다.

"너 그 기침은 왜 자꾸 하냐?"

이 와중에 준영이 기침이 신경 쓰였다. 마른기침을 힘겹게 하는 것이 냉혈인간 말대로 노인이 해소 기침하는 것과 같았다.

"요새 자꾸 기침이 난다. 감기인가? 나는 감기 걸리면 코부터 막히는데 그런 증상은 없거든. 그건 그렇고 서라가 네가 그 사건과 관계가 있는 걸 어떻게 알았을까?"

"관계는 무슨 관계야?"

듣고 보니 이상한 말이다. 그리고 기분 묘한 말이다. 나는 절대 그 사건과 조금의 연관도 없다.

"지금 성질을 부린다고 해결될 문제가 아니야. 원래 말이란 발이 없어도 자기가 가고 싶은 곳에 가는 법이다. 그리고 원하지 않는 곳에도 저절로 가게 되기도 하지."

준영이는 심각했다. 나는 담배만 피울 뿐 아무 말도 하지 않았다. 막막하고 답답하기만 했다.

창고는 연기로 가득 찼다. 창문은 준영이와 내가 내뿜는 연기를 해결해주기에는 턱없이 작았다. 담배를 피우며 담배 연기에 취했다.

나는 누구인가, 왜 여기에 이러고 있는가? 마음 저 깊은 곳에서 질문을 하고 있었다.

덜커덩.

그때였다. 요란한 소리와 함께 창고 문이 열리며 환한 빛과 함께 거대한 몸집의 남자가 창고 안으로 성큼 들어섰다. 준영이가 벌떡 일어났다. 그리고 재빠르게 담배를 바닥에 버리며 비벼 껐다. 하지만 나는 너무 놀라 담배를 든 채 멍하니 이 은밀한 공간을 침범한 그 사람을 바라봤다.

"아주 신 나셨네. 신 나셨어."

덩칫값 하는 천둥 벼락 치는 목소리. 냉혈인간이었다.

"학교 알기를 웅덩이 썩은 물로 아는 놈들."

냉혈인간은 나와 준영이 멱살을 잡고 창고에서 질질 끌어냈다.

준영이가 무슨 말인가 하려다 냉혈인간의 무시무시한 눈빛을 보고 도로 입을 다물었다.

준영이와 나는 교무실로 끌려갔다. 그리고 거기에서 오고가는 선생님들의 한심하다는 눈빛을 몸이 따갑도록 받은 뒤, 운동장으로 끌려나갔다.

"운동장 열 바퀴! 다음 수업에 안 들어가도 된다고 허락받았으니 마음 놓고 뛰어도 된다."

냉혈인간이 소리쳤다.

준영이는 세 바퀴도 못 돌고 거친 숨을 몰아쉬었다. 네 바퀴 돌았을 때는 준영이 얼굴이 하얗다 못해 파랗게 질려 있었다. 준영이는 마른기침을 해댔다.

"이 새끼야. 그렇게 피워대니 그렇지? 아주 폐가 시커멓게 썩었겠다. 칠십 살 노인도 운동장 네 바퀴 뛰고 그렇게 시체처럼 변하지는 않겠다. 빨리 뛰어."

냉혈인간은 목젖이 다 보이도록 고래고래 소리쳤다.

준영이는 거의 기다시피 운동장 열 바퀴를 채웠다.

"성돈아. 나, 진짜 왜 이러냐?"

준영이는 냉혈인간을 원망하는 게 아니라 자기 자신에 대해 의문을 던졌다.

운동장을 다 돈 다음 상담실로 끌려갔다.

"신성한 수업 시간에 뽀뽀에 욕지거리도 모자라 신성한 학교에서 담배를 피운다? 그것도 수업종이 울렸는데도 교실에 들어가지 않고 말이지? 간덩어리가 부어도 제대로 부었군. 아, 속 터져. 이 새끼들아. 아무리 그래도 지켜야 할 선이라는 게 있다 이거야. 적어도 수업종이 울리면 교실에는 들어가야 할 거 아니야? 야. 내 얼굴 좀 봐라."

담임이 나와 준영이 앞으로 얼굴을 들이밀었다. 담임의 입에서 퀴퀴한 냄새가 났다.

"어떠냐?"

"뭐가요?"

"내 얼굴이 어떠냐고?"

이 상황에서 왜 갑자기 그런 질문이 나오는지 모르겠다. 담임 얼굴이 어떻기는. 그저 그런 오십대 남자의 얼굴이지.

"내 얼굴색 아주 시커멓지? 그리고 하아— !"

담임이 나와 준영이 코앞에 대고 입김을 불었다. 순간 거의 소화가 다 되어 똥으로 되기 직전의 음식 찌꺼기까지 나오려는지 구역질이 올라왔다.

"내가 점심 먹고 십 분간 양치질했거든. 구석구석 잘 닦고 혓바닥은 백번쯤 문질렀을 거다."

도대체 하고자 하는 말의 핵심이 뭔데요?

"이 시점에서 우리 집안의 내력에 대해 말하지 않을 수가 없구나. 우리 집안은 조선시대에 영의정을 지내신 조상님이 한 분, 이

조판서를 지내신 조상님이 한 분, 그런 조상님의 자손으로……."

어쩐지 배가 점점 산으로 가고 있는 느낌이다.

"우리 아버지는 아들만 여섯을 두셨지. 내가 여섯 중에 넷째다. 우리 아버지는 담배를 엄청나게 사랑하시는 어머니 품에서 자라면서 담배를 배우셨지. 우리 할머니가 대단한 골초셨다더라. 하긴 우리 할아버지께서 소문난 바람둥이셨으니 그럴 만도 했지. 담배라도 없었으면 울화통 터져 돌아가셨을 테니 말이다."

준영이와 나는 서로 마주봤다. 우리가 듣고 있는 얘기가 뭐냐? 준영이 눈은 이렇게 말하고 있었다.

"어린 나이부터 담배와 친하게 되었던 아버지는 폐암으로 돌아가셨다. 기침이 심해지고 숨이 가빠져서 병원에 가서 폐 사진을 찍었더니 폐가 온통 하얀색으로 나왔지."

아버지가 돌아가셨다는 말을 하는 담임의 얼굴 위로 어두운 빛이 스쳐 지나갔다.

"중요한 것은 우리 둘째 형과 막내도 폐가 좋지 않아 젊은 나이에 세상을 떴지. 둘 다 감기인 줄 알고 감기약 먹다가 그래도 안 돼서 동네 병원에 가서 링거 맞고 감기 치료를 계속 받았지. 그래도 더 심해져서 큰 병원에 가니 급성 폐렴이래. 중환자실에 들어갔는데 옆 침대에 있던 할아버지도 폐렴을 이겨내는데 우리 형제들은 이겨내지 못하고 세상을 떴지. 왜냐, 담배를 지독하게 많이 피워서 폐 상태가 안 좋았거든."

꿀꺽! 나는 침을 삼키며 준영이를 바라봤다. 준영이는 눈 하나 깜짝하지 않고 담임을 쳐다보고 있었다.

"중요한 것은."

담임이 얼굴을 더 가까이 들이밀었다.

"나도 어느 날 갑자기 죽을 수도 있다는 말이야."

"왜요?"

준영이가 놀라며 물었다.

"왜 그렇게 놀라?"

"호, 호, 혹시 선생님 암이에요?"

내가 준영이 대신 물었다.

"새끼야, 죽으면 다 암이냐? 나도 골초란 말이다. 자."

담임이 손가락을 나와 준영이 코에 갖다 댔다.

"꼬소한 냄새나지? 나는 수업 시간이나 지금 너희 같은 놈들하고 대화를 나누고 있는 이런 시간에 불현듯 담배 생각이 나면 손가락에서 나는 꼬소한 냄새를 맡으며 참아내지."

그러고 보니 담임 손가락에서는 짙은 담배 냄새가 났다. 우리 같은 것들은 감히 명함도 못 내밀 오래되고 깊이 발효된 담배 냄새였다.

"너는 얼마나 되었냐?"

담임이 준영이에게 물었다.

"예?"

"담배 피우기 시작한 지 얼마나 되었느냐고?"

"……."

"우리 집안의 내력까지 말해주면서 내가 이렇게 심각하게 말하면 너희들도 정직하게 말해야 되는 거 아니냐?"

담임은 그윽한 눈으로 준영이와 나를 번갈아 봤다.

"오, 오, 오 년 되었어요."

준영이는 담임의 눈빛에 홀린 듯 말했다. 말을 하는 준영이 목젖이 꿈틀거렸다.

"너는?"

"이, 이, 일 년 정도."

"나중에 기회 되면 우리 아버지, 형, 동생의 폐 사진을 한번 보여주도록 하지. 이놈들아. 나는 이미 깊게 중독되어 내일 당장 죽는다고 해도 끊을 수 없게 되었지만 너희들은 끊어라. 진짜 담배에 길들여지기 전에 끊어라. 길들여진다는 것은 아주 무서운 거다. 빠져나오기 힘들지. 언제나 생각나게 한다. 하긴 오 년이면 짧은 시간도 아니다. 너, 네 폐 상태를 알고 있냐?"

담임 말에 준영이는 어린아이처럼 세차게 도리질을 했다.

준영이는 창고에 감춰둔 담배와 라이터를 담임에게 자진 반납했다. 나와 준영이는 다시는 담배를 피우지 않겠다는 반성문을 썼다.

자수해서 광명 찾자니까

수업이 끝나자 서라는 무슨 바쁜 일이라도 있는지 잽싸게 가방을 둘러메고 교실에서 나갔다. 나는 준영이에게 눈짓을 보내고 서라를 뒤따라갔다.

"왜?"

횡단보도를 건너고 난 후 서라가 뒤돌아봤다. 나는 다짜고짜 서라를 끌고 시장 안 후미진 곳으로 데리고 갔다. 막다른 골목인 그곳은 오줌 냄새가 진동했고 벽에는 빨간 글씨로 오줌 싸지 마라, 잘라버린다, 이렇게 쓰여 있고 그 옆에 무시무시하게 커다란 가위가 그려져 있었다.

"왜 그래? 학원 가야 한단 말이야."

"너, 아까 성돈이한테 한 말이 무슨 말이야."

준영이가 단도직입적으로 물었다.

"무슨 말?"

준영이 말을 알아듣고도 모르는 척하는 건지 정말 무슨 말인지 모르는 건지 서라는 맹한 표정으로 물었다.

"아하 그거?"

그러더니 그 작은 눈을 갸름하니 치켜뜨고 튀어나온 입을 오물 거리며 생각났다는 듯 말했다.

"그렇지 않아도 진짜 궁금한데 성돈이 너 사람 죽였냐?"

가슴이 덜컥 내려앉았다. 아까 들었던 말인데 처음 듣는 말처럼 당황스럽고 황당했다. 거기에다 무섭고 두려운 마음이 쓰나미 처럼 밀려들었다.

"너 미쳤냐? 성돈이가 왜 사람을 죽여?"

준영이는 곧 서라를 죽일 것처럼 따지고 들었다.

"내가 언제 죽였다고 그랬니? 죽였느냐고 물어봤지."

"그게 그 말이지."

"왜 그게 그 말이야? 그 말하고 그 말하고는 다르거든."

속이 터져나갈 것 같은데 준영이와 서라는 그 말이 그 말이 아 니다, 그 말 맞다, 이러면서 계속 말꼬투리를 잡고 늘어졌다. 나는 지금 서라가 왜 그런 말을 하게 되었는지 그게 궁금한데 말이다.

"나는 사람 안 죽였다."

나는 준영이와 서라의 말 중간을 자르고 끼어들었다.

"그럴 줄 알았어."

서라가 내뱉듯 말했다.

"성돈이 네가 사람을 죽이지 않았을 거라고 믿고 있었다고."

'믿고 있었다'라는 서라 말을 듣는 순간 너무 고마워서 서라 손을 덥석 잡을 뻔했다.

"그런데 어디서 무슨 말을 들었던 거야?"

준영이가 그제야 제대로 된 질문을 했다.

서라는 대답 없이 잠깐 무슨 생각을 하는 듯하더니,

"하나 줘봐라."

이러면서 준영이에게 손을 내밀었다.

"뭘?"

"알면서 뭘 물어?"

서라는 엄지손가락과 검지를 까딱거렸다. 뭐야? 서라도? 그렇다면 지난번 사물함에서 실내화에 딸려 나왔던 것의 정체도 담배? 잠깐 그런 추측을 했었는데 딱 맞아떨어졌다. 그래서 그렇게 당황하며 욕을 해댔군.

"없다. 오늘 담임한테 걸려서 다 털렸다."

"너는?"

서라가 나를 바라봤다. 나는 고개를 저었다. 아빠 거에도 손을 못 대고 준영이 거 얻어 피우며 근근이 연명하다 담배라고 주운 것이—훔친 거라고 해도 할 말은 없다—하필이면 암만동 놀이터 살인사건으로 나를 끌어 들이고 말았다.

"점심시간에 너희 둘이 창고에서 하던 말을 들었어."

아, 그 인기척이 잘못 들은 게 아니었구나.

"다시 한 번 말하지만 나는 아니야."

나는 힘주어 말했다.

"알았다고."

서라는 학원에 늦겠다며 서둘러 가버렸다. 나는 서라가 서 있던 자리에 쪼그리고 앉았다. 갑자기 뭔지 모를 서러움이 복받쳐 올랐다. 나는 울음을 터뜨렸다. 그리고 어깨를 들썩이며 흐느꼈다. 준영이가 내 어깨를 토닥여주었다. 나도 모르게 준영이 품에 덥석 안겼다. 그리고 서럽게 울었다. 나같이 착한 놈이 어쩌다가 이런 사건에 휘말리게 되었는지 모르겠다.

"자수하자니까. 자수해서 광명 찾자고. 내가 같이 경찰서에 가 줄게."

한참 내 어깨를 토닥여주던 준영이가 말했다. 이 씨발놈은 잘 나가다가 왜 또 자수 타령인지 모르겠다. 내가 뭘 잘못해서 자수 를 하느냐고! 그러다 진짜 범인으로 몰리면 어쩔 건데?

"대한민국 경찰이 설마 죄 없는 너를 범인으로 몰기야 하겠냐? 과학경찰인데 말이다."

준영이가 내 마음속을 읽은 것처럼 말했다. 과학경찰도 사람이 다. 실수는 할 수 있는 법이라고. 나는 어느새 파란 죄수복을 입고 있는 내 모습을 떠올렸다. 소름이 끼치며 기가 막히고 코가 막혔다.

"그만 좀 울어라."

나는 준영이 손에 이끌려 비틀거리며 일어났다. 눈물을 닦고 질질 흐르는 코를 한 번 푼 다음 하늘을 쳐다봤다. 어지러웠다.

"가자."

준영이가 앞장섰다. 어디로 가는지도 모른 채 준영이를 따라갔다. 길을 건너고 큰 도로에 도착하고 나서야 이놈이 나를 데리고 경찰서에 가는 거는 아닌가, 이런 생각이 들면서 정신이 번쩍 들었다. 그래, 좋다, 자수를 한다고 치자. 그래도 마음의 준비는 해야 할 거 아닌가. 나는 준영이 뒷덜미를 낚아챘다. 준영이가 놀라서 돌아봤다.

"어디 가는데?"

"왜? 경찰서에 데리고 갈까 봐? 아니다, 새끼야."

준영이가 다시 걷기 시작했다.

십오 분 쯤 걸어서 도착한 곳은 대형마트 뒷골목에 있는 편의점 앞이었다. 준영이는 밖에서 기다리라고 하더니 편의점 안으로 들어갔다. 그리고 잠시 뒤 나오더니 나를 대형마트 화장실로 끌고 들어갔다.

"여기는 금연 구역이니까 딱 두 모금씩만!"

준영이가 변기에 앉아 담배를 꺼내 불을 붙였다.

"어디서 났냐?"

"샀지. 담배가 하늘에서 떨어지냐?"

그럼 아까 그 편의점이 선배가 알바 뛴다는 그 편의점? 대단하다, 대단해. 벌건 대낮에 교복 입고 담배를 사다니. 나와 준영이는 약속대로 딱 두 모금만 깊게 빨아들이고 불을 껐다. 소용돌이치던 가슴속이 파도 한 점 없는 잔잔한 바다가 된 것 같았다. 나는 피우던 것을 주머니에 넣었다. 준영이가 네 개비를 빼서 가방에 넣어주었다.

"밤에 걱정이 되어 잠이나 오겠냐? 불안하고 그러면 피워라. 들키지는 말고."

"도와줘서 고맙다. 은혜는 꼭 갚으마."

나도 모르게 튀어나온 말이었다. 이놈의 담배 때문에 이런 일에 엮였는데 담배 몇 개비에 은혜를 갚겠다는 말이 튀어나오다니.

마트에서 나와 준영이는 학원으로 가고 나는 집으로 돌아왔다. 집으로 들어가기 전에 경비실 주변을 서성거렸다. 경비는 재활용으로 내놓은 종이박스를 정리하고 있었다. 나는 마침 길에 뒹구는 통닭집 전단지 한 장을 주워들고 버리는 척 경비 옆으로 다가갔다.

"범인은 잡혔어요?"

나는 그다지 관심은 없으나 우리 동네에서 일어난 일이니 물어나 본다는 식으로 말했다.

"놀이터 사건?"

경비는 종이박스 여러 개를 모아 노끈으로 묶으며 물었다.

"아까 경찰이 관리실에 왔다 갔으니 곧 발표를 할 거 같은데."

경비는 이마에 흐르는 땀을 훔치며 숨을 몰아쉬었다.

"아, 예에."

나는 경비가 묶은 종이박스를 한쪽에 쌓아주고 난 다음 집으로 돌아왔다.

텔레비전을 켜고 뉴스 채널만 골라서 돌렸다. 하지만 암만동 놀이터 살인사건에 대한 이야기는 없었다.

준영이가 가방에 넣어준 담배를 꺼내다 마음을 고쳐먹고 주머니에서 피우던 담배를 꺼냈다. 이 혼란스러운 상황에서도 새 담배는 아껴야 한다는 생각이 들었다. 나는 누나 방으로 갔다. 누나 방은 뒤 베란다와 연결되어 있다. 연기쯤은 내뿜음과 동시에 밖으로 빠져나갈 수 있다. 나는 누나 방 베란다 문에 비스듬히 기대서서 담배를 피우며 앞으로 이 사건에 대해 어떻게 대처해 나갈지 곰곰이 생각했다. 하지만 별 특별한 방법은 떠오르지 않았다.

"이상하다."

저녁에 집으로 돌아온 누나가 코를 킁킁대며 고개를 갸웃거렸다. 그러더니 옷장에 있는 옷을 전부 꺼내 베란다 건조대에 널었다. 저 인간이 왜 저러나, 할 일도 더럽게 없나 보다. 세탁해서 넣어두었던 멀쩡한 옷을 왜 내다 널고 난리람. 장마철도 아닌데 말이다.

"에이, 진짜, 내가 못 살아. 아빠가 내 방에서 담배 피운 거 같아."

누나는 엄마가 돌아오자마자 오만상을 찡그리며 투덜거렸다. 그 순간 나는 분명히 느꼈다. 내 머리카락이 한 올, 한 올, 철사 가닥처럼 곤두서는 그런 느낌 말이다. 그리고 후회가 파도처럼 밀려왔다. 그냥 내 방에서 피울걸!

"아빠가 왜 네 방에서 담배를 피워?"

"내 말이. 왜 남의 방에서 담배를 피우느냐고. 옷에 담배 냄새가 뱄잖아."

누나는 턱으로 베란다를 가리켰다.

"오메야."

베란다 건조대에 걸쳐진 누나 옷을 확인한 엄마는 혀를 내둘렀다.

"도대체 얼마나 냄새가 배었기에 옷장을 뒤집었니?"

"완전 배었다니까."

참나. 듣자 듣자 하니 기가 콱 막혔다. 한 개비도 못 피웠는데 무슨. 그렇다고 나서서 말을 할 수도 없고.

"아빠가 대리운전 그만두고 엊그제부터 다시 택시 시작했거든. 심란해서 여기저기 돌아다니면서 담배를 피웠나 보다. 니네 아빠가 워낙 골초잖니? 잠도 안 자고 담배만 피워댈 때도 있어."

"아, 몰라. 엄마 내 방 열쇠 어디 있어? 내일부터는 방문 잠가놓고 다녀야겠어."

"열쇠 없는데?"

"아악 그럼 어쩌란 말이야?"

누나는 두 손으로 머리를 감싸고 괴물 울부짖는 소리를 냈고 엄마는 이래서는 도저히 못 살겠다느니, 어째 하루도 편한 날이 없는지 모르겠다느니 한숨 섞인 넋두리를 하며 주방으로 갔다.

새벽녘까지 한숨도 자지 못했다. 잠이 오지 않았다. 참 이상하게도 똑같은 걱정이라도 밤에는 낮보다 그 무게와 크기가 서너 배는 더 늘어났다. 눈만 감으면 가슴이 두근거리고 내가 백 프로 범인으로 몰린다는 생각이 머릿속에 꽉 찼다. 중간중간 담배를 피우고 싶은 생각이 굴뚝같았지만 그럴 수가 없었다. 나는 누나가 담배 냄새에 그렇게까지 예민한 줄 몰랐다. 누나 방과 내 방은 붙어 있다. 담배 냄새가 나면 벌떡 일어나 나올지도 모를 일이었다.

거의 날밤을 까고 무거워진 어깨를 겨우 세우며 일어나 앉았다. 창밖으로 뿌옇게 날이 밝아오고 있었다.

현관문 비밀번호 누르는 소리가 들렸다. 아빠가 들어오는 모양이었다. 그와 동시에 누나 방문이 열리는 거 같았다.

"아빠."

표독스러울 만큼 차가운 누나 목소리다.

"왜 내 방에서 담배 피워?"

"얘가 자다가 봉창을 뜯나? 밤새 실컷 자고 일어나서 무슨 말이야?"

아빠도 누나 목소리 못지않게 짜증과 신경질로 똘똘 뭉친 목소리였다.

"옷에 전부 담배 냄새가 뱄잖아?"

"그래, 너 말 잘했다. 너 아빠 담배에 손댔지?"

아빠의 다그침에 잠시 고요가 흘렀다.

"내가 짐작은 하고 있었지만 모른 체하고 있었다. 그 못된 것은 어디서 배웠니?"

누나가 조용하자 아빠는 옳다구나 제대로 짚었구나 싶었는지 목소리가 더욱 커졌다.

"기막혀."

누나는 정말 기가 막히는지 다음 말을 잇지 못했다.

"아휴. 미영이가 무슨 담배를 피운다고 그래? 담배 냄새라면 아주 질색을 하는 아이인데. 괜한 아이 잡지 말고 당신이나 담배 좀 끊어. 어젯밤에는 또 얼마나 피워댄 거야? 아주 그냥 담배 냄새 때문에 코를 쳐들 수가 없네."

엄마가 끼어들었다.

"당신 아버지가 폐가 나빠 돌아가신 거 잊었어? 당신 집안은 대대로 폐가 약하다고."

헐! 담임에게 듣던 말이다. 우리나라 남자들의 사망 원인이 대부분 폐 때문인가, 아니면 담임 집안과 우리 집안의 기막힌 우연의 일치인가.

"그게 그렇게 쉽게 끊어지는 게 아니야."

"아빠, 나는 아니거든."

누나가 그제야 정신이 돌아왔는지 다시 표독스럽게 말했다.

"뭘 그렇게 따져? 아침부터."

엄마가 말했다. 그래, 뭘 그렇게 따지나. 지금 아주 훈훈하게 마무리 잘 되고 있는 거 같은데.

"아빠가 착각하고 있는 거지. 워낙 많이 피우다 보니 담배를 사다 놔도 술술 줄어드는 거겠지 뭐."

누나는 이대로는 절대 끝낼 수 없다는 듯 목소리를 높였다.

"무슨 말을 하는 거야? 내가 바보인 줄 알아?"

아빠 목소리도 덩달아 다시 커졌다. 또 쉽게 끝날 거 같지 않았다. 언제 나에게 화살이 날아올지 몰라 가슴은 두근거리는데 이 상황에 오줌이 마려웠다. 나는 거기를 부여잡고 발을 동동 구르며 오줌을 참았다. 방광이 터지기 직전 밖의 상황은 종료되었다.

학교에 가려고 집을 나설 때였다. 엄마가 손톱을 깎으며 불판을 하도 문질러 닦았더니 손톱이 닳아서 깎을 것도 별로 없네, 이러다 지문도 없어질 거 같다, 넋두리를 하고 있던 바로 그때였다. 초인종이 울렸다.

"아, 학생!"

내가 현관문을 열자 낯선 남자 두 명이 나를 보고 알은체했다. 아무리 봐도 처음 보는 얼굴인데 말이다.

"너무 이른 시간이지? 급해서 말이야. 부모님 계시나?"

두 남자는 목을 있는 대로 빼고 집 안을 넘봤다.

"누구세요?"

엄마가 손톱깎이를 내던지고 나왔다.

"학생한테 잠깐 물어볼 게 있어서 왔습니다. 이른 시간인 것은 알지만 좀 있으면 학생도 학교에 가야 할 거 같아서 저희 나름대로 신경 써서 왔는데 실례가 되지 않았는지 모르겠습니다."

남자 중 한 명이 안주머니에서 신분증을 꺼내 보였다.

"어머나. 경찰에서 우리 성돈이한테 무슨 볼일이 있으세요?"

경찰이라는 말에 온몸의 피가 한꺼번에 머리로 솟구치는 느낌이었다. 나도 모르게 휘청거렸다.

"별거 아니고요. 참고로 뭣 좀 물어보려고요. 엊그제 요기 놀이터에서 사람이 죽은 거는 알고 계시죠?"

이제 어떻게 해야 하나. 앞이 캄캄해졌다.

엄마는 물어볼 게 있으면 엄마가 보는 앞에서 물어보라고 했다. 경찰도 그러겠다고 했지만 내가 밖에 나가고 싶다고 했다. 밖으로 나온 경찰은 하필이면 그 남자가 죽었던 그 벤치에 앉으려고 했다. 나는 고개를 세차게 저었다. 경찰은 내 마음을 알아차렸는지 사람들이 뜸한 놀이터 가장 안쪽으로 나를 데리고 들어갔다.

"빨리 학교 가야지? 간단히 물을게."

경찰 중 한 명이 담배를 꺼내 물었다. 나는 두 손을 앞으로 모으고 앉아 있는데 온몸이 사시나무 떨리듯 떨렸다.

"저, 저는 안 죽였어요."

무슨 말이라도 먼저 해야 할 거 같아 입을 열었다. 입을 열면서 눈물샘도 열렸는지 눈물이 왈칵 쏟아졌다.

"한 가지 궁금한 게 있어."

경찰이 말을 하는 순간 나는 흐느껴 울기 시작했다. 지금 울면 혹시나 반성의 눈물로 보일 수도 있다. 참아야 한다, 나의 무죄를 증명하기 위해서는 절대 울어서는 안 된다, 머릿속에서 이렇게 지시하는데도 눈물은 제멋대로 쏟아졌다.

"그래, 그래, 알아."

경찰이 내 등을 두드렸다. 안다고? 뭘?

"그만 울고. 빨리 끝내고 학교 가야지."

나는 고개를 들었다.

"무, 무, 무, 물어, 으응, 보, 보, 보, 으응, 보세요."

말이 제대로 되지 않았다. 울음소리 때문이기도 했지만 몸이 떨려 목소리도 떨렸다.

"시시티브이에 학생이 찍혔어. 학생이 죽은 사람 앞으로 다가갔지. 그리고 주머니에서 뭘 꺼내는 거 같았어. 하지만 말이야. 학생이 손을 넣었던 그 주머니에는 지갑이 그대로 있었단 말이야. 도대체 주머니에서 뭘 꺼냈던 거지?"

"저, 저, 저는 죽이지 않았다고요."

"누가 죽였다고 했어? 그 사람 주머니에서 뭘 꺼냈는지 그게 궁금하다고 했지."

"제, 제, 제가 그 사람에게 다, 다, 다가갔을 때 사, 사, 살아 있었어요. 거짓말 아니에요."

"그 시간에 살아 있었을 수도 있어. 그 사람은 저체온증으로 사망했어. 살인사건이 아니라고. 그러니까 주머니에서 뭘 꺼냈는지 그걸 말해봐. 학생이 중학생이니까 이렇게 묻는 거야. 남의 주머니에서 뭘 꺼냈다는 것만으로도 얼마나 큰 죄인 줄 알아?"

"저, 저체온증이요? 그, 그게 뭔데요?"

"체온이 떨어져서 사망한 거라고. 술에 취해 벤치에서 잠들었는데 새벽에 비가 많이 쏟아졌거든. 그래서 체온이 급격히 떨어진 거지."

"그럼 살인이 아닌 거 맞네요?"

"그래."

"제가 죽인 게 아니라는 것이 밝혀진 거지요?"

"나 참, 그렇다니까. 국과수에서 결과가 나왔고 이미 수사는 끝났어. 하지만 시시티브이에 찍힌 학생을 그냥 넘어갈 수는 없잖아? 뭘 꺼냈던 거지?"

"다, 다, 담배요. 으으으흐흐흑."

또다시 울음이 터져 나왔다. 담배라고 말하는데 하나도 부끄럽지 않았고 야단맞으면 어쩌나 하는 두려움도 없었다. 그냥 기뻤다. 기뻐서 덩실덩실 춤이라도 추고 싶었다.

"허어, 참나 원."

경찰 둘이 서로를 마주보며 혀를 찼다.

"일단 학교 가. 다시 참고할 일로 부를 수도 있어."

"다시 부르는 거는 좋은데요, 제발 부모님이나 학교에는 알리지 말아주세요."

나는 두 손을 모아 비비며 애원했다.

"학생. 그거 알아? 학생 말대로 그때 그 사람이 살아 있었다면 말이야. 만약 그때 119에 신고했더라면 그 사람은 죽지 않았을 수도 있어."

빽! 단단한 무언가가 뒤통수를 치는 느낌이었다.

제대로 꼬이는 일들

"잘되었네. 아, 진짜 공연히 나까지 쫄아서 죽을 뻔했네."

사실을 알고 난 준영이는 내 손을 마주 잡고 낄낄거렸다. 기뻤다. 지금 이 순간은 어떤 놈이 와서 이유 없이 나를 때린다고 해도 다 용서해줄 수 있을 거 같았다.

하지만 날아갈 것 같은 홀가분함과 자유로움 그리고 이 세상에서 가장 행복한 것 같은 기분은 몇 시간 지나지 않아 산산조각이 났다.

"감성돈, 상담실로 와라."

점심시간에 급식을 먹자마자 담임의 호출이었다.

"왜요?"

다른 날 같으면 알았다고 대답하고 말았을 텐데 기분이 한껏

업되어서인지 왜요? 소리가 절로 나왔다. 그것도 아주 높은 톤으로 말이다.

"왜에요오? 몰라서 묻나?"

아, 그렇지. 담배 피우다 딱 걸렸었지. 하지만 그 문제는 이미 끝난 거 아니었나? 담임의 눈물 나는 가족사를 들으면서 폐 사진이 어쩌고저쩌고, 긴 연설에 다시는 담배를 피우지 않겠다고 반성문도 썼잖아.

"저만요?"

나는 어리벙벙한 얼굴로 준영이를 쳐다봤다. 그게 문제라면 준영이도 함께 불러야지.

"그럼 너만 오지 누구랑 같이 오려고? 빨리 와."

담임 목소리가 아주 풀 먹인 모시처럼 빳빳했다. 어쩔 수 없이 담임 뒤를 따라가는데 준영이가 슬금슬금 쫓아왔다.

"너는 왜 왔어?"

상담실에 들어서자 담임이 준영이에게 호통쳤다.

"저기, 저도 같이 와야 할 거 같아서요. 담배에 관련된 문제 아닌가요?"

눈물 나는 우정이었다. 평소에도 준영이 놈이 참 멋지고 괜찮은 놈이라는 생각은 했었지만 이렇게 의리 있는 놈인 줄은 미처 몰랐다. 그래, 내가 아빠 복 없고 선생 복도 그다지 없는 편이지만 친구 복은 좀 있는 놈이구나.

"담배에 관련된 거는 맞지. 담배 때문에 무시무시한 일도 일어날 수 있다는 걸 다들 알아야지."

담임은 준영이에게 나가라는 말을 하지 않았고 준영이는 슬쩍 의자에 엉덩이를 걸치고 앉았다.

"암만동 놀이터 살인사건은 잘 해결되었다지?"

헉, 담임도 알고 있었나?

"예……뭐."

말을 하는데 심장이 쪼그라드는 느낌이었다.

"나는 성돈이 네가 왜 그렇게 암만동 놀이터 살인사건에 대해 관심을 많이 가졌는지 그 이유를 알지 못했었지. 그저 너희 아파트 일이니 그럴 수도 있겠다고 생각했었지. 그런데 오늘에서야 네가 왜 수업 시간에 인터넷을 뒤져가며 관심을 두었는지 알게 되었다."

나는 바짝 타들어 가는 입술에 침을 바르며 담임 입을 뚫어져라 쳐다봤다.

"저체온증으로 죽은 사람 담배를 훔쳤다지?"

"예?"

앞이 캄캄해졌다. 아주 두껍고 한 올의 빛도 비치지 않는 촘촘히 짜인 천으로 눈을 꽁꽁 싸맨 느낌이었다.

치사한 인간들. 내가 그렇게 두 손 모아 싹싹 빌며 애원했는데 하루도 지나지 않아 학교에 일러바치다니. 내가 뭐 금덩어리를 훔쳤어, 돈을 훔쳤어. 겨우 몇천 원짜리 담배 한 갑 꺼냈을 뿐인데. 아니지. 한 갑도 아닌 반 갑 정도 남은 거에서 그중에 반은 비에 젖어 쓸모도 없게 생겼더구먼. 더 중요한 것은 한 개비 피우고 다 버렸다. 생각할수록 배신감이 느껴졌다. 아침부터 찾아와서 있는 대로 착한 얼굴을 하고서는 뭘 꺼내 갔는지 그것만 말하면 아무 문제없다는 듯 말하더니, 경찰이 그래도 되는 거야? 경찰이 그렇게 철판 깔고 거짓말해도 되는 거냐고. 내가 앞으로 경찰을 믿으면 감성돈이 아니라 똥성돈이다.

"경찰서에서 연락 왔다."

"서, 서, 선생님 사실은."

뭐라고 변명이라도 해야 하는데 머릿속이 하얘져서 아무 생각도 나지 않았다.

"죄송해요. 용서해주세요."

나는 담임 앞에 납작 엎드렸다. 평소에는 쓰지 않는 용서해달라는 말이 다 나왔다. 스스로 생각해봐도 이건 그저 담배 피우다 걸린 수준이 아니었다.

"용서해주고 싶어도 이미 교장 선생님까지 다 알고 계신다. 이제 이 문제를 어떻게 해야 할지 교사 회의가 열릴 거다. 마음의 준비 단단히 해라."

담임은 냉정하게 말했다.

준영이가 담임에게 물었다. 최악의 경우 어떻게 되는 거냐고.

나는 그때 생각했다. 학교에서 잘려도 좋으니까 제발 교도소에 들어가는 끔찍한 일만 없었으면 좋겠다고 말이다.

"회의 결과가 나와봐야 알지. 내가 교사 노릇 꽤 오래 하는 동안 이놈 저놈 별놈 다 겪어봤어도 이런 일은 처음이라 예측도 못하겠다. 담배는 늘 불행만 몰고 오지. 내가 지난번 얘기했지? 담배 때문에 세상을 뜬 우리 가족 이야기. 담배는 단 한 번도 행복을 준다는 말은 들어보지 못했어. 그런데 말이다, 감성돈! 내가 오늘 경찰서에서 연락받고 너 때문에 학교 밖에 나가서 담벼락에 붙어서 줄담배를 네 개나 피우고 왔다. 내가 일찍 죽으면 다 너 같은 놈들이 속 썩여서 그런 줄 알아라. 아이, 지긋지긋한 놈들. 참 나도 복도 지지리도 없는 선생이다. 다른 반 놈들은 말도 잘 듣고 담임 얼굴이 노랗게 뜨면 변비세요? 몸살이세요? 이러면서 변비를 쾅 뚫어준다는 요구르트에 몸살을 한 방에 날려준다는 수제 쌍화탕을 갖다 바친다는데 나는 이날 이때껏 속 썩이는 놈들만 만났으니, 이놈의 팔자. 이번에는 또 교장 선생님에게 얼마나 빌어야 하나."

담임은 생각하면 할수록 자신의 처지가 불쌍하고 한심한지 땅이 꺼져라 한숨을 내쉬었다. 하지만 솔직히 나는 담임의 사정보다 내 사정이 더 급했다.

"선생님."

"왜."

"……."

"불렀으면 말을 해, 말을."

"우리 엄마 아빠에게도 연락이 갔을까요?"

그렇다면 이건 대형 사고다.

"엄마 아빠한테 연락이 갔느냐고?"

"예."

"네 보호자가 누구라고 생각하냐?"

"예?"

"설마 선생이 네 진짜 보호자라고 생각하는 거는 아니겠지? 감성돈의 진짜 보호자는 부모님인데 부모님한테 연락을 안 하냐?"

망했다.

"오늘 집에 가지 말고 회의 끝날 때까지 기다려, 알았어?"

담임이 눈을 부라리며 탁자를 내리쳤다.

교실로 들어오자 서라가 작은 눈을 최대한 동그랗게 뜨고 무슨 일이냐고 물었다. 뭐가 또 궁금해서 저러는지 모르겠다.

"너는 몰라도 되는 일이다."

나는 미리 서라의 입을 막았다. 하지만 박서라를 누가 말리랴. 오후 수업 내내 궁금해 죽겠다는 듯 틈만 나면 내 옆에서 비비적거리고 치근거렸다. 민지의 매서운 눈이 번득거리며 지켜보는데 이놈의 계집애가 대체 또 무슨 말을 들으려고. 하지만 그런 서라를 상대로 에너지를 뺄 만큼 나는 정신적으로 한가하지 않았다.

이제 내 앞날은 어떻게 될지, 당장 오늘 집에는 또 어떻게 들어갈지 앞이 캄캄했다. 아빠의 얼굴이 떠올랐다 사라지기를 수십 번! 차라리 이참에 집을 나가버릴까 하는 생각이 들었다. 어차피 언젠가는 집구석 뜨겠다고 결심했는데 그 시기가 조금 이르다고 해서 크게 달라질 것은 없다. 열여섯 살이나 먹었는데 알바 자리 하나쯤은 얻을 수 있겠지. 나 하나 먹고사는 건데 뭐 그리 힘들겠어? 이런저런 생각을 하다 보니 알바 자리 구하는 것쯤은 일도 아닐 거 같았다. 하지만 가장 큰 문제는 당장 잘 곳이 없다는 것이다. 가출하는 아이들은 대부분 어디에서 잠을 자나? 피시방? 이상하게 내 또래 아이들이 무지막지하게 게임에 열광하고 인터넷을 헤엄쳐 다니며 여기저기 참견하는 것과는 달리 나는 그런 것에 별 관심이 없다. 결론적으로 피시방은 내 체질이 아니라는 것이다.

"아아아아아."

나는 머리를 쥐어뜯었다.

"이 아프냐?"

서라가 물었다. 진짜 돌겠다. 참견하는 말마다 기가 막힌다. 그런데 이 상황에 담배가 생각났다. 담배 한 번 깊게 빨아들이면 속이 다 시원해질 거 같았다. 모든 게 담배 때문에 일어난 상황이고 지금의 내 한심한 꼬라지도 담배 때문인데 그 웬수 같은 담배가 생각나다니.

나는 무엇에 홀린 듯 준영이에게 다가갔다.

"있냐?"

"없지. 담임이 검사할 거 같아서 안 갖고 왔지."

그때 불현듯 머리를 스쳐 가는 그림이 있었다. 서라의 사물함!

자리로 돌아와 서라에게 말을 걸 기회를 기다렸지만 좀 전까지만 해도 나에게 관심을 갖던 서라는 뭔 바람이 불었는지 참고서를 들여다보고 문제를 풀고 난리였다. 몰라도 되는 일이라고, 제발 남의 일에 참견하지 말라는 듯 말문을 막아놓았는데 이제 와서 공부하는 아이를 붙잡고 그거 있느냐고 물어볼 수도 없고.

수업이 끝나고 하릴없이 교실을 어슬렁거렸다. 오늘따라 준영이는 집에 급한 일이 있다면서 빨리 가 봐야 한다고 했다. 하필이면 오늘 같은 날 준영이가 가버린다고 하자 나는 마치 엄마 잃은 양이 된 기분이었다. 준영이가 가방을 메는데 공연히 콧등이 시큰해졌다. 서라는 무슨 말인가 하려고 입술을 모아 우물거리다 그만두더니 교실에서 나갔다.

두 시간 정도 어정거리고 있을 때 담임이 들어왔다.

"아주 사고를 쳐도 대형 사고를 쳤어요, 아주 장해요."

담임은 교실로 들어오자마자 들고 있던 책인지 수첩인지로 내 뒤통수를 갈겼다. 눈알이 튀어나올 것처럼 아팠다. 이거 폭력 아닌가? 나는 고개를 번쩍 들고 담임을 똑바로 쳐다봤다.

"왜? 폭력 같으냐? 억울하면 신고하든가, 새끼야."

담임 목소리가 격양되어 있었다. 회의를 하면서 당해도 많이 당한 분위기였다. 나는 고개를 숙이며 꼬리를 내렸다.

"네 덕분에 우리 학교가 금연 학교가 되어 청정 지역이 되게 생겼다. 선생들까지 학교에서는 담배 피우지 말란다. 그리고 당장 외부 강사 불러 금연 교육을 실시하는데 강사 섭외부터 시작해서 금연 학교에 대한 모든 행사를 나보고 다 알아서 하란다. 그렇지 않아도 할 일이 태산인데 어떻게 도와주지는 못할망정 보태주냐, 새끼야."

담임이 다시 책인지 수첩인지를 번쩍 쳐들었다. 나는 두 손으로 머리를 감쌌다.

"그것뿐이면 말도 안 한다. 한 달 동안 너랑 나랑 뭘 해야 하는 줄 아냐? 삼십 분 먼저 와서 교문 앞에서 흡연 방지 피켓을 들고 있어야 한다. 너, 이 사태를 어떻게 할래? 세상이 다 아는 골초인 내가 금연 피켓을 들고 있으면 그 그림이 어떻겠냐. 지나가는 동네 개가 웃을 노릇이지."

담임은 오만상을 다 찡그렸다.

"그리고 너는 학교 봉사 스무 시간이야. 아침에 피켓 들고 있는 시간은 제외고 말이다. 하긴 이 정도에서 끝내는 게 너한테는 행운 중에 행운이지. 만약 그 사건이 정말 살인사건이었으면 너는 진짜 큰일 났지."

담임은 무슨 악연으로 담임과 학생으로 만나 이런 일이 벌어졌는지 모르겠다며 창문을 열더니 카악! 하고 침을 뱉었다. 그러고는 혼잣말처럼 담배를 피우지 않고 하루 종일 어떻게 버틴담, 내가 앞으로 살면 수백 년을 더 살아? 수십 년을 더 살아? 나이 오십 넘은 사람은 그냥 피우라고 해야 하는 거 아니야? 이러고 중얼거렸다.

담임은 당장 내일부터 삼십 분 먼저 등교하라고 했다.

집으로 돌아와 현관문을 여는 순간 나는 기절하는 줄 알았다. 주황색 와이셔츠를 입고 눈앞에 턱 버티고 있는 사람은 아빠였다. 주황색 와이셔츠 팔뚝에는 '행복콜'이라는 글씨가 새겨져 있었다. 대리운전에서 다시 택시로 바꿨다는 엄마 말이 떠올랐다. 그런데 아무리 택시를 해도 절대 택시를 타고 아파트로 들어온다거나 택시 기사들이 입는 옷을 입고 집에 들어오는 아빠가 아닌데 이상했다.

"너, 이리 와."

운동화도 벗기 전에 아빠가 무지막지하게 내 멱살을 잡았다.

"머리에 피도 안 마른 놈이 담배를 피우는 것도 모자라 다른 사람 주머니에서 담배를 훔쳐?"

아빠는 주먹으로 내 얼굴을 쳤다. 눈앞에서 별이 와르르 쏟아졌다.

"힘들게 일해서 가르치면 공부나 열심히 해야 할 거 아니야?"

바로 코앞에서 소리소리 지르는 아빠의 입가에 침이 하얗게 거품이 되어 일었다.

'힘들게 일해서'라는 말이 귀에 거슬렸다. 아빠가 대리운전을 하고 택시를 하는 것은 나 때문이 아니다. 모두 아빠 탓이다. 아빠의 잘못으로 남들이 부러워하는 직장을 잃었다. 지금 힘든 것은 모두 자업자득이다. 정말 억울하게 힘든 것은 엄마다. 어느 날 갑자기 마른하늘에 날벼락 맞는 식으로 식당 설거지하는 일에 내몰리게 된 엄마다.

쥐 잡듯 내 멱살을 잡고 놔주지 않던 아빠가 어느 정도 시간이 지나자 지쳤는지 욕하는 것도 때리는 것도 멈췄다.

아빠는 거실 중간에 앉아 담배를 피웠다. 피우고 또 피우고 자꾸 피웠다. 뿌연 담배 연기가 집 안에 가득 찼다.

"콜록콜록."

아빠는 잔기침을 했다. 그러면서도 담배 피우는 걸 멈추지 않았다.

나는 누나의 방문이 약간 열려 있는 것을 발견했다. 오늘 누나의 옷은 담배 냄새에 제대로 쩔게 되는 날이다. 오늘 밤에 일어날 상황이 눈앞에 그려졌다.

그러고 있는데 엄마가 왔다. 아직 식당 일을 마칠 시간이 아닌데 말이다.

"내가 너 때문에 못 산다."

엄마는 나를 보자마자 눈물부터 흘렸다.

"그렇지 않아도 속상한 일투성이인데 왜 너까지 속을 썩여?"

엄마는 거실 바닥에 털썩 주저앉았다.

아빠가 엄마에게 시비를 걸었다. 내가 담배를 피우고 죽은 사람 주머니에서 담배를 훔치는 천하에 불량 청소년이 된 것이 모두 엄마 탓이라는 거다. 집구석에서 애 교육 하나 제대로 못 시키고 뭐 했느냐는 거다. 집구석에서라니, 나는 아빠가 혹시 치매를 앓고 있는 것은 아닐까 의문이 들었다. 지속적으로 나타나는 치매 현상이 아니라 아주 잠깐씩 자신의 상황에 따라 기억의 끈을 놓는 그런 치매 말이다. 그렇지 않고서야 지금 엄마가 어떤 현실에 놓여 있는지 전혀 모르는 것처럼 저렇게 말할 수는 없다. 아빠는 정신병원에 가야 한다는 누나의 말이 떠올랐다.

엄마는 하루 종일 식당 일에 지쳐서인지 아니면 말도 안 되는 소리에 기가 막힌지, 그것도 아니면 내가 저지른 일에 충격을 먹어서인지 아빠의 시비에는 아무런 대꾸도 없었다. 그저 하염없이 눈물을 흘리며 한 번씩 티셔츠 앞자락을 들어 코를 팽 풀었다. 요란하게 멋을 내지는 않았지만 언뜻 보아도 우아하고 교양이 넘치는 외모를 갖고 있던 엄마였다. 저렇게 티셔츠 앞자락으로 코를 푼다는 것은 상상도 할 수 없던 엄마였다. 그랬던 엄마가 어느 날 갑자기 무너져 내린 대들보를 연약한 어깨로 혼자 지탱하면서 지친 모습으로 변해 울고 있는 거다.

내 예상은 틀리지 않았다. 현관문을 들어선 누나는 담배 연기로 뿌옇게 변한 집 안 모습에 기절초풍을 했다.

"내가 미쳐, 미쳐."

누나는 구두도 벗지 않고 뛰어 들어오더니 열려 있는 방문을 보고 소리를 빽 질렀다.

"내가 못 살아!"

나는 누나에게 한마디 해주고 싶었다. 지금 이 공간에 있는 사람 중에서 살고 싶은 사람은 아무도 없을 거라고.

"옷에 담배 냄새 밴다고 그랬잖아?"

누나가 아빠에게 따졌다.

"이놈의 계집애야. 지금 담배 냄새가 중요한 게 아니야."

아빠가 벌떡 일어나며 소리쳤다 '행복콜'이라고 적힌 명찰이 형광등 불빛에 반짝 빛이 났다. 행복콜! 어쩐지 아빠와는 전혀 어울리지 않았다. 아니, 우리 집과 어울리지 않았다.

"나는 중요해."

누나가 대들었다.

"성돈이가 무슨 짓을 한 줄 알아?"

아빠는 담배를 쭉 빨아들이고 내뿜더니 한쪽 입꼬리를 당겨 올렸다.

"성돈이? 성돈이가 무슨 짓을 했는데?"

"죽은 사람 주머니에서 담배를 훔쳤어."

"죽은 사람?"

"너, 접때 놀이터 벤치에서 사람 죽었던 거 알지?"

"뭐야? 그럼 성돈이가 담배 때문에 사람을 죽였다는 거야?"

하여간 생각하는 거 하고는. 미친년이라는 말이 튀어나오려고 했다.

"얘가 무슨 그런 끔찍한 소리를 하는 거야?"

듣고 있던 엄마가 화를 냈다.

"사람을 죽인 거는 아니고."

아빠가 고개를 절레절레 저었다.

"당신은 지금 아들 이야기가 아니라 이웃집 아이 이야기하는 거야? 말하는 게 왜 그래? 재미있어? 재미있느냐고?"

엄마가 아빠를 한심하다는 듯 바라봤다.

"이 사람이 재미있기는 누가 재미있대?"

아빠가 눈을 부라렸다.

"야, 감성돈! 너 무슨 짓을 한 거야?"

누나는 그렇지 않아도 독하게 생긴 눈을 더 독하게 뜨고 물었다.

"죽은 사람 주머니에서 담배를 훔쳤다니까. 놀이터 벤치에서 사람이 쓰러져 죽어 있는데 그 사람 안주머니에 있던 담배를 훔쳤다고."

아빠가 천천히 말했다. 말을 하려면 똑바로 해야지. 죽은 사람 주머니라니!

"너, 담배 피우냐? 그럼 아빠 담배 없어진 것도 네 짓이었네. 아주 못된 송아지 엉덩이에 뿔 나는구나. 아무리 그래도 그렇지. 네가 니코틴 중독자도 아니고 어떻게 죽은 사람 주머니에 손을 대?"

미치겠다. 내가 담배를 꺼낼 때까지만 해도 살아 있었다니까.

"기가 막힌다."

누나가 혀를 찼다.

"정신 나간 놈이지?"

아빠가 맞장구쳤다.

"미쳤어."

아빠와 누나는 오랜만에 한편이 되었다.

"오죽하면 내가 일하다 이 옷을 그대로 입고 오고 택시도 아파트 주차장에 대났겠니? 내가 줄담배 안 피우게 생겼니?"

"그럼 이제 성돈이는 어떻게 되는 거야?"

아빠는 누나의 질문에 친절하게 대꾸했다. 아침에는 경찰이 찾아와서 참고 조사를 했고 학교에도 연락이 갔다. 이제 중학교 삼학년인 미성년자이고 전과가 없으며 그 사람의 사인에 직접적인 연관이 없으니 법적으로 구속이 된다거나 그러지는 않을 것이며 훈방 정도가 될 것이다. 아마 학교에서 어떤 조치를 취할 건데 내일 엄마든 아빠든 둘 중에 한 명이 학교에 가야 한다.

"골 때리네."

누나가 나를 한심하다는 눈빛으로 바라봤다.

"그러니 내가 담배를 안 피우게 생겼느냐고?"

아빠는 새 담배를 뜯었다.

나중에 나는 거실을 치우는 척하면서 길이가 긴 담배꽁초 한 개를 부리나케 주머니에 넣었다. 이런 상황에도 담배를 챙기는 내 자신이 스스로 비참하게 느껴졌다.

엉겁결에 금연 홍보대사

"똑바로 들어. 교장 선생님이 검사하러 나올지도 몰라."

담임이 내 발꿈치를 걸어찼다.

담배는 마약이다.

"마약이라, 마약. 나는 평생 마약을 하고 살았구면."

어깨띠를 두른 담임이 중얼거렸다. 중얼거림 뒤에 한숨도 내쉬었다. 한숨을 내쉰 다음에는 입을 오물거리며 침을 모으고 하늘을 바라보며 그 침을 삼켰다. 담임은 뭔가에 홀린 사람처럼 그 행동을 반복했다.

"똑바로 들라고."

침을 네 번 삼킨 담임은 피켓을 더 높이 들라고 성화였다.

"팔을 쫙 펴고 든 건데요."

"중학교 삼 학년이나 되는 놈이 키가 그 정도밖에 안 되냐? 자고 일어나면 스스로 놀랄 정도로 키가 클 나이에? 하긴 담배를 피워대니 키가 크겠냐? 너는 담배 안 끊으면 평생 그 키로 살아야 해."

담임이 악담을 했다.

담배 연기 없는 건강한 학교.

아침 햇살이 피켓에 쓰인 문구 위에 반짝였다.

"내가 담배 피우기 시작한 지 몇십 년이 지났는데 이제 와서 '담배는 마약이다' 이런 걸 어깨에 걸치고 꼭 이래야겠냐? 이 말은 즉 '나는 몇십 년 동안 마약을 했습니다' 이러는 말과 뭐가 달라? 제자 하나 잘못 둔 죄로 이게 무슨 꼴이람."

교문으로 들어서는 아이들이 담임과 나를 뚫어질 듯 바라봤다. 끝내주는 구경거리라도 보는 듯 실실거리는 아이도 있었다.

"담배 피우지 마라."

담임은 아이들을 향해 소리쳤다.

"선생님. 담배 끊으셨어요? 에이, 설마."

학교에서도 소문난 골초의 황당한 모습에 자기 눈을 의심하는 아이도 몇몇 있었다.

"선생님. 감성돈이 왜 금연 홍보대사가 되었나요?"

언제 왔는지 민지가 물었다. 금연 홍보대사라, 말은 무지하게 고급스럽다.

"궁금하냐?"

"예, 궁금해요."

"큰 사고를 쳤지."

어쩌다 보니 그렇게 되었다, 이렇게 한마디 하면 끝날 것을 담임은 굳이 이렇게 말했다. 순간 민지 눈에 호기심이 번득거렸다.

"무슨 사고요?"

민지는 호기심이 번득이는 눈을 몇 번 깜박거려 진정시키더니 전혀 궁금하지 않은데 그저 물어보는 것뿐이에요, 요런 표정으로 물었다. 그런데 그런 민지 옆으로 꽃에 나비가 내려앉듯 살포시 다가서는 아이―말하고 보니 너무 아름다운 비유임―가 있었다. 서라였다.

"그게 뭐냐면…… 아니다. 곧 알게 될 거야."

담임은 말을 하려다 말았다. 그러자 평온하고 무덤덤한 민지의 표정이 흔들렸다.

"빨리빨리 들어가라. 오늘부터 우리 학교가 금연 학교가 되었거든. 혹시 너희들도 담배 피우냐? 그렇다면 오늘부터는 이거다."

담임이 내가 들고 있는 '담배 연기 없는 건강한 학교' 피켓을 가리켰다. 나는 서라의 얼굴을 살폈다. 당황할 줄 알았는데 서라의 표정은 별로 놀라거나 당황하는 표정이 아니었다.

'서라도 담배 피우는데요.'

이 말이 입 밖으로 나오려고 목구멍이 간질거렸다. 나는 침을 한 번 삼키면서 겨우 그 말을 집어넣었다.

"야, 야, 야."

그때 교문 앞에 나타난 준영이를 본 담임은 화색이 돈 얼굴로 준영이를 불러 세웠다. 준영이가 푹 숙였던 고개를 드는데 어째 얼굴이 좀 이상했다. 누렇게 뜬 것이 생전 햇볕 구경을 못 해본 콩나물 대가리 같았다.

"너, 잠깐만 하고 있어라. 오줌 좀 누고 올게."

담임은 어깨에 두른 띠를 벗어 준영이 어깨에 걸쳐주었다. 그러더니 잰걸음으로 학교 담장을 타고 학교 뒤쪽으로 가버렸다. 오줌 마렵다는 사람이 왜 그쪽으로 가는지.

"준영아. 어디 아프냐?"

나는 걱정스레 물었다.

"응, 조금. 감기인 거 같기도 하고."

"조금이 아닌 거 같은데. 저번부터 기침하면서도 감기 아니라고 했잖아?"

"나는 감기에 걸리면 코부터 막히는데 그 증상이 없으니까 감기가 아닌 줄 알았는데 감기인 거 같기도 해."

준영이는 말을 하면서 중간에 한 번씩 '으이휴' 하고 고장 난

압력밥솥 김 빠지는 소리를 냈다. 감기인지 아닌지는 모르겠지만 아파도 많이 아픈 게 분명했다.

잠시 뒤 나타난 담임에게서 진한 담배 냄새가 났다.

"자, 오늘부터 우리 학교는 금연 학교다. 곧 금연 학교 선포식이 있고 금연 강의, 금연 골든벨도 있을 예정이다."

담배를 피우고 온 담임은 갑자기 기운이 나는지 손나팔을 하고 아이들에게 소리쳤다.

"예, 아주 잘하고 계십니다."

언제 왔는지 교장 선생님이 아주 흡족한 얼굴로 말했다.

"담배라는 것은 백해무익이에요. 나는 열아홉 살에 담배를 배워 서른 살까지 피우다 끊었지요."

교장 선생님은 계속 그 자리에 서서 말을 이어갔다.

"아이고, 대단하십니다. 어떻게 금연에 성공하셨습니까? 금연한 사람은 독하다고 친구도 하지 말라던데…… 아차차차, 그러니까 금연이 아주 어렵다는 말이지요."

"어느 날 깊은 밤에 담배가 피우고 싶은 겁니다. 그런데 담배가 똑 떨어졌어요. 방 안에 쓰레기통을 뒤져 담배꽁초를 찾았지요. 없는 거예요. 당시에는 이십사 시간 문을 여는 가게도 없었으니 담배를 살 길도 없었지요. 그래서 길에서 담배꽁초 하나 줍자고 쓰레기통을 뒤지고 다녔어요. 그러다 불현듯 내가 뭐하는 짓인가, 담배 하나 때문에 한밤중에 쓰레기통을 뒤지고 다니다니, 이런 생각을 했지요. 내가 아주 한심했어요. 그 일을 계기로 내 스스로를 뒤돌아보게 되었지요. 그날로 금연을 시도해서 두 번 실패하고 세 번째 도전에 성공했답니다."

교장 선생님은 자랑스럽게 말했다.

짝짝짝!

담임이 박수를 쳤다.

"허허허허허, 대단하십니다, 대단하세요. 저도 쓰레기통 숱하게 뒤졌지요. 담배 피우는 사람들은 그런 경험 한 번씩 다 있을 겁니다."

담임이 아부를 하듯 두 손을 비비며 입을 벌리고 목젖이 보이도록 웃었다. 나는 그때 담임의 입 안을 아주 자세하게 볼 수 있었다. 어금니 사이사이가 굴뚝처럼 시커멓게 절어 있었다.

"정 선생님은 금연 시도는 해보셨습니까?"

"아이고, 수도 없이 해봤지요. 하지만 결국 실패했죠. 몸 건강도 중요하지만 정신 건강도 중요하다고 생각하고 포기했습니다. 금연이 정신 건강에 얼마나 안 좋던지."

"그거 핑계예요. 금연에 실패하게 생겼을 때 대는 핑계. 그러지 말고 이번 기회에 정 선생도 금연에 꼭 성공하도록 하세요. 교사가 아이들에게 모범을 보여야지요. 담배를 끊지 못하면서 이런 어깨띠를 두르고 있어 보세요. 진정성이 없어 보이잖아요, 진정성이. 흡연은 빨리 죽자고 저승사자에게 아등바등 매달리는 거나 마찬가지예요."

"저승사자요? 비유가 기가 막히십니다. 허허허허허."

교장 선생님은 진지하게 말하는데 담임은 속없는 사람처럼 웃었다.

"정 선생님! 제 말이 웃깁니까?"

"예? 아, 아닙니다."

"하여튼 이번 기회에 정 선생님도 아이들에게 뭔가를 보여주세요. 그렇지 않으면 아이들은 그저 연례행사처럼 하는 일인가 보다, 이렇게 생각할 겁니다."

"죄송합니다, 교장 선생님."

담임은 노력해보겠다느니, 알겠다는 대답 대신 죄송하다고 했다. 교장 선생님은 그 말을 잘 알았다는 뜻으로 들었는지 고개를 두어 번 끄덕였다.

"금연 외부 강사는 알아보셨나요? 빠른 시일에 강연 날짜 잡고 아이들도 참여하는 금연 행사도 얼른 열도록 하세요."

교장 선생님은 말을 마친 다음 쌩하게 돌아섰다. 몇 가닥 남지 않은 교장 선생님의 앞머리가 바람에 날려 뒤통수에서 간당거렸다.

"아 참, 그리고 회의 때 나왔던 말처럼 이참에 학교 내에서 흡연하는 아이들 다 잡아내세요. 담배 연기 없는 건강한 학교!"

교장 선생님은 뒤돌아서더니 내가 들고 있는 피켓을 또박또박 읽었다.

아이들이 뜸해질 때쯤 교문 앞에서 철수했다.

"너, 학원 다니냐?"

운동장을 가로질러 오며 담임이 물었다.

"아니요."

먼지 털어도 나올 것 없을 정도로 쫄딱 망한 뒤로 나는 학원에 다니지 않는다. 엄마는 학원 한 군데 정도야 보낼 수 있다고 했지만 내가 싫다고 했다. 누나처럼 S대에 갈 정도로 공부를 잘하는 것도 아니고 솔직히 학원은 가도 그만 안 가도 그만, 성적은 거기에서 거기였다.

"한 군데도 안 가?"

"예."

"마침 잘 되었다. 준영이 너는?"

"저는 학원에 다니는데요."

준영이가 금방이라도 쓰러질 아이처럼 힘겹게 대답했다. 저 정도로 아프면 결석을 하고 병원에 가보든가.

"그래? 그럼 너는 빠지고. 성돈이 너 오늘 나랑 담배 만들자. 금연 선포식 때 퍼포먼스를 해야 하거든. 큰 담배 모형을 만들어서 자르는 거를 할 거야. 그런데 뭐로 담배를 만들어야 하나?"

"담배를 만들자고요?"

나는 기가 막혔다. 하다 하다 별짓을 다 하게 생겼다.

"야, 너 얼굴 표정이 뭐 그래? 왜 나를 한심한 눈으로 쳐다 봐?

나는 뭐 하고 싶어서 하는 줄 아냐? 이게 따지고 보면 다 너 때문인 거 몰라?"

담임은 수업이 끝날 때까지 뭐로 담배를 만들지, 멀리서 봐도 딱 담배구나! 하고 생각이 들 정도의 크기로 만들려면 가로세로 길이가 얼마나 되어야 하는지 잘 생각해보라고 했다.

교실로 들어오자마자 서라가 내 턱밑에 얼굴을 들이밀고 무슨 일이냐고 물었다. 왜 갑자기 담임과 나란히 교문에 서서 그 짓을 하고 있느냐고 말이다.

"담임과 성돈이 네가 언제부터 친했다고."

그때 기막힌 생각 하나가 머릿속을 스치고 지나갔다.

"하나만 주면 무슨 일인지 알려주지."

나는 협상에 들어갔다. 이상하리만큼 담배 생각이 간절했다. 어젯밤에 담배꽁초를 겨우 한 개만 집어넣은 것이 후회되었다. 좀 짧은 것도 몇 개 넣는 건데.

"뭘?"

서라가 물었다. 저 맹한 표정은 뭐냐. 정말 뭔지 모르겠다는 건지, 아니면 알고도 모른 척 연기를 하는 건지. 연기라면 그야말로 일품이다.

"그거."

"그거 뭐?"

서라가 다시 물었다. 나는 주위를 휘둘러보며 서라 귀 가까이에 입을 갖다 댔다.

"네 사물함에 있던 거."

그리고 누구도 엿들을 수 없을 만큼 작게 말했다. 서라는 내 입김이 간지러운지 어깨를 움칠거리며 고개를 뺐다.

"내 사물함에 있는 거, 뭐? 사물함에는 책하고 공책하고 있지. 아, 체육복도 있다. 뭐가 필요한데? 아하, 그거!"

서라는 그제야 생각났다는 듯 무릎을 탁 쳤다. 그러더니 벌떡 일어나 사물함으로 달려가 홍삼두유 하나를 들고 왔다.

"어제 급식 시간에 가져다 놓은 거 어떻게 알았냐?"

서라는 내 책상에 홍삼두유를 떡하니 올려놓고 이상야릇한 웃음을 지었다. 정말 모르고 그러는 건지 아니면 알면서도 저러는 건지. 나는 얼굴에 존재하는 근육이라는 근육은 다 당겨 인상을 쓰며 서라를 쏘아봤다.

"그럼 뭐어?"

"지난번 실내화를 네 사물함에 넣었을 때!"

"그래, 그때 뭐?"

"실내화에 딸려 나오던 검은 비닐봉지에 있던 거. 하나만 줘라."

나는 목소리를 낮췄다. 서라가 나를 빤히 쳐다봤다. 당황한 눈빛이었다. 흥! 내 눈치가 백 단이야, 백 단.

"이 변태 새끼야."

갑자기 서라가 아랫입술을 질끈 깨물더니 주먹을 불끈 쥐어 내

이마빡을 날렸다.

"아이씨. 왜 때리고 지랄이야?"

"네가 그거 갖고 뭐할 건데?"

서라 얼굴이 벌게졌다.

뭐하긴 뭐하냐. 몰라서 묻냐? 피우려고 한다, 왜? 심란하고 불안하고 내가 며칠 동안 사는 게 사는 게 아니다. 이럴 때 담배를 피우면 행복할 거 같다. 이 불안함이 싹 사라질 거 같다. 그래서 그런다 왜? 주기 싫으면 안 주면 되는 거지 왜 이마빡은 날리며 욕하고 지랄이람. 순간적으로 머리통 깨지는 줄 알았다. 나는 주먹을 불끈 쥐며 서라를 노려봤다.

"아, 진짜 변태 새끼."

서라가 고개를 획 돌리며 말했다. 그런데 목소리가 너무 컸다. 민지가 먹잇감을 노리는 맹수처럼 두 눈을 번득이며 바라봤다. 서라와 나는 민지 눈치를 보며 입을 다물었다. 그런데 생각하면 생각할수록 이마를 얻어맞은 것이 분했다.

서라와 나는 수업이 끝나도록 몸을 약간 비스듬히 돌리고 서로를 외면하고 앉았다.

오늘은 청소 당번이었다. 준영이는 아무래도 병원에 가야겠다면서 담임에게 허락을 받고 청소에서 빠졌다. 준영이 얼굴은 아침보다 더 누렇게 뜨고 눈은 퀭하니 들어가 눈 뜨고 봐줄 수 없는 지경이 되어 있었다.

"선생님. 준영이 병원 가는데 저도 따라가야 할 거 같은데요. 가다가 쓰러지게 생겼어요."

나는 진심으로 준영이가 걱정되어 담임에게 나도 청소에서 빼달라고 사정했다.

"성돈이 너는 오늘 할 일이 태산이야. 청소 마치고 담배 만들어야지, 나 혼자 만드냐? 준영아. 정 힘들면 선생님이 병원까지 태워다줄까?"

담임도 준영이의 얼굴 꼬라지가 심상치 않아 보였는지 친절을 보였다. 준영이는 고개를 저었다. 터벅터벅 복도를 걸어가는 준영이의 뒷모습이 쓰러질 듯 위태로워 보였다.

화장실에서 대걸레를 빨아 오는데 서라가 여자 화장실에서 걸레를 빨아 나오고 있었다.

"야, 감성돈. 너 실내화에 딸려 나왔던 게 뭐라고 생각하니?"

서라가 물었다. 서라 목소리를 듣자 아까 얻어맞은 이마빡에서 불이 나는 거 같았다. 나는 아무 말 없이 서라를 쏘아보다 돌아섰다.

"뭐라고 생각하고 하나 달라고 했느냐고?"

"아이씨, 몰라서 물어?"

"이 변태야. 네가 생리대가 왜 필요하냐고? 너도 생리하냐?"

나는 서라 말을 듣는 순간 너무 놀라 대걸레를 복도에 철퍼덕 떨어뜨리고 말았다. 생리대라고? 분명 내가 잘못 들은 거는 아니지? 등줄기를 타고 뜨거운 것이 올라오더니 얼굴 전체가 화끈 달아올랐다.

"그, 그, 그게 생리대였냐?"

"그래, 생리대였다."

"나, 나, 나는 다, 다, 담배인 줄 알았지."

나는 얼른 대걸레를 들고 교실로 들어왔다. 그리고 구멍이 나도록 교실 바닥을 밀고 다녔다. 도저히 얼굴을 들 수가 없었다.

"나는 담배도 안 피우는데 무슨 담배?"

서라가 뒤에서 중얼거렸다.

"너 지난번에 시장에서는 그럼 뭐야?"

분명 손가락 까닥이며 하나 달라고 했었다.

"아하. 지난번에 그 일 때문에 오해했나 본데, 니네들이 담배 피우는 게 왠지 멋있어 보여서 나도 한번 피워보려고 했던 거지."

아, 씨발. 그럼 그렇다고 진작 말을 하던가. 아, 쪽팔려.

나는 교실이 정리되고 청소 당번들이 모두 돌아갔을 때 겨우 허리를 펴고 고개를 들었다.

생리대를 하나만 달라고 하다니! 생리대를! 공연히 혼자 앉아 있는데도 쑥스러웠다.

얼마 뒤 담임이 큰 도화지 몇 장과 솜뭉치를 잔뜩 들고 왔다.

"가위하고 테이프 좀 갖고 와라."

담임은 도화지와 솜을 교실 바닥에 내려놓았다.

나와 담임은 도화지로 굴뚝 모형을 만들었다. 그리고 그 안에 솜을 뭉쳐 넣었다. 가로가 사 미터 정도는 되고 지름이 사십 센티미터 정도. 멀리서 봐도 아, 담배! 하고 알아볼 수 있을 크기였다.

담임은 검은 물감으로 끝부분을 칠했다. 그리고 중간에 빨간 글씨로 '담배'라고 적었다. 빨간 글씨를 보자 생리대 생각이 났다.

"아이 씨발."

나는 머리를 북북 긁었다.

"어디서 씨발이야?"

담임이 이마에 딱밤을 먹였다.

"누가 선생님 보고 그랬어요? 저 혼자 한 말이라고요."

오늘은 내 이마가 완전 동네북이다.

"아무리 혼잣말이라도 선생 앞에서 욕은 하지 마라, 알았어? 자, 금연 선포식 때 교장 선생님이 가위로 이 담배 중간을 착 자를 거야. 그때 나오는 음악은 뭐가 좋을까?"

"음악도 깔아요?"

"할 수 있는 거는 다 해야지. 아 참, 내가 섭외한 금연 강사가 말이다. 기막히게 예쁜 강사더라고."

담임이 갑자기 생각났다는 듯 말했다. 예쁜 강사라는 말에 귀가 솔깃했다.

"가만있어 보자. 금연 골든벨 문제는 또 뭐를 내나? 선물은 또 뭐로 준비하나? 아이고 참, 할 일이 아주 태산이야, 태산. 너는 이제 집에 가도 된다. 아 참. 오늘 네 부모님 중에 한 분 오신다더니 왜 이렇게 안 오시냐? 좀 있으면 퇴근 시간인데. 집에서 아무 말씀도 없으시던?"

없기는 무슨, 어제 저녁에 아주 난리가 났구먼.

담임이 커다란 담배를 어깨에 턱 걸치고 교실을 나서려는 순간이었다. 교실 앞문으로 머리 하나가 불쑥 들어왔다.

"삼 학년 이 반 담임 선생님이십니까? 교무실에 갔더니 교실에 계실 거라고 해서 왔습니다. 저, 감성돈 애비 되는 사람입니다."

아빠는 미처 나를 발견하지 못한 채 담임을 보고 허리를 구십 도로 굽혔다. 오늘 아빠의 모습은 삼 년 전 모습이었다. 깨끗하게 정리해서 젤을 바른 머리, 면도를 해서 파리하게 광이 나는 턱, 흰 셔츠에 머플러. 그리고 감색의 양복. 나는 타임머신을 타고 삼 년 전 아빠를 만나는 기분이었다.

"아, 예, 예. 그렇지 않아도 왜 안 오시나 기다리고 있었습니다."

담임은 어깨에 걸쳤던 담배를 바닥에 내려놓았다.

"이게 금연 학교 선포식 때 퍼포먼스 할 담배랍니다. 성돈이 덕분에 우리 학교가 금연 학교가 되었거든요. 참, 잘했다고 칭찬을 해야 하는 건지 야단을 쳐야 하는 건지 이상야릇한 상황이 된 거지요."

아빠는 담임의 설명을 들으며 교실을 휘둘러보다 나를 발견했다.

"아, 성돈이도 아직 학교에 있었구나."

매일 입만 열면 새끼부터 나오던 아빠 입에서 교양과 품위가 넘치는 목소리가 흘러나왔다.

"예. 성돈이는 저와 함께 이 담배를 만드느라고 아직 못 가고 있었습니다. 성돈이는 그만 가라."

나는 담임 말에 얼른 가방을 멨다.

"그래, 학원 늦겠다. 어서 가라."

아빠가 말했다. 내가 학원을 안 다니는 것을 모르고 있는 건가, 아니면 담임 앞에서 잘난 척하고 싶어서 그러는 건가? 눈앞에 부동산 사무실에 다리를 꼬고 앉아 있던 삼 년 전 아빠 모습이 떠올랐다.

나는 고개를 숙여 보이고 교실에서 나왔다. 나오자마자 준영이에게 톡을 했다.

— 병원이냐?

대답이 없었다.

— 많이 아프냐?

역시 대답이 없었다.

금연 강사 가라사대 '잘라 버리세요'

준영이가 결석을 했다. 전화를 해도 받지 않고 카톡 확인도 하지 않았다. 아파도 많이 아픈 모양이었다.

"야, 준영이는 결석이냐?"

비도 오락가락하는데 굳이 운동장 수업을 고집하는 피도 눈물도 눈곱만큼도 없는 냉혈인간이 물었다.

"아파서 결석이에요. 지난주 체육 시간에 비 맞고 뜀틀 했잖아요? 그때 감기 걸린 거 같아요, 제 생각으로는."

민지는 냉혈인간이 묻지도 않은 말까지 친절하게 대답했다.

"비 맞고 뜀틀 해서 그런 게 아니라 준영이는 원래 조금만 뛰어도 숨을 할딱거렸어. 폐활량이 칠십 세 이상 노인과 맞먹는 수준이라고 보면 되었지. 얼마 전부터는 기침도 하더니만."

냉혈인간은 누가 책임을 묻는 것도 아닌데 정색을 하고 말했다.

전화를 계속 안 받으면 학교를 마치고 준영이 집에 한번 찾아 가고 싶었다. 하지만 준영이 집이 어디인지 알지 못한다. 그동안 친구로 지내면서도 서로의 집을 모르고 있었다.

오후에는 금연 선포식을 했다.

금연 선포식에는 외부 사람들도 참석했다. 보건소에서 나온 사람, 교육청 관계자, 다른 학교 선생님. 내빈을 한 명 한 명 소개하는데 우리 지역의 국회의원도 있었다.

교장 선생님의 선포식에 이어 국회의원의 축사가 있었다. 금연 학교가 된 것을 축하한다고 했다. 그 뒤로 보건소 직원이라는 사람이 나와 혹시 혼자 담배를 끊기가 어려운 사람이 있으면 보건소 금연 클리닉을 이용하라고 했다.

줄줄이 이어지는 내빈들의 말에 담배는 청소년의 건강과 정신을 갉아먹는 천하에 나쁜 놈이 되었다. 선포식 마지막에 담임과 내가 만든 담배가 세상 모든 담배의 대표가 되어 가위로 잘렸다. 담배가 잘리는 순간 '안녕'이라는 대중가요가 깔렸다.

"여러분. 선포식을 마치면서 제안 하나를 하겠습니다. 원래 뭐든 그냥 하라고 하면 의욕이 별로 없지요. 마음은 굳게 먹었어도 하루 이틀 지나다 보면 흐지부지되고 마는 경우가 태반입니다. 그래서 그러한 것을 막기 위해 '신고 센터'를 운영하고자 합니다. 학교 내에서 담배 피우는 모습을 보거나 담배를 갖고 있는 학생을 보면 바로 신고하세요. 신고자에게는 엄청난 혜택이 기다리고 있습니다. 신고 센터는 삼 학년 이 반입니다.”

신고 센터도 삼 학년 이 반이라는 교장 선생님 말에 담임이 흠칫 놀랐다. 사전에 오갔던 말이 아닌 듯했다.

아이들이 웅성거리기 시작했다. 한쪽에서는 그런 게 어디 있느냐고 했다. 우리나라가 민주주의 국가인데 뭐든 자발적으로 해야 효과도 크고 보람도 느끼는 거 아니냐고 말이다. 다른 한쪽에서는 그거 참 좋은 생각이라고 했다. 뭐든 약간의 강제성이 있어야 제대로 지켜지는 거라고 말이다.

“오늘부터 삼 일 동안 한 학년씩 강당에 모여 금연 강의를 듣기로 되어 있다. 외부 강사를 모시고 듣는 강의니까 요런조런 핑계로 빠지는 사람 없도록! 혹시 빠지는 사람이 있으면 알아내서 벌점 처리하도록 하겠다. 오늘은 삼 학년이다. 삼 학년은 교실로 들어가지 말고 화장실에 다녀온 다음 강당으로 모이도록.”

담임이 말했다.

“담배 연기 없는 건강한 학교!”

“담배는 마약이다!”

전교생이 목이 터져라 세 번씩 외치면서 금연 선포식은 끝이 났다.

담임의 말은 거짓말이 아니었다. 금연 강사가 활짝 웃으며 강당에 들어섰을 때, 와아! 남자아이들의 탄성이 울려 퍼졌다.

허벅지가 드러나는 짧은 치마에 팔을 살짝 들기만 해도 허릿살이 보일 듯 말 듯 아슬아슬한 셔츠를 입은 금연 강사는 약간 통통한 것만 빼면 완벽했다. 서글서글한 눈매에 하얗게 드러난 건강해 보이는 가지런한 이! 그리고 뽀얀 피부.

"뭐야. 금연 강의를 하러 온 거야, 몸매 자랑하러 온 거야?"

여자아이들의 불만이 폭죽처럼 터졌다. 금연 강사의 비주얼은 그런 질투를 만들어낼 만했다.

"저건 아니지."

볼록 나온 입술을 연신 삐죽거리던 서라도 한마디 했다.

담임이 금연 강사를 소개했다. 나이는 국가 기밀—참, 나 원. 요즘은 연예인들도 밝히는 나이를 국가 기밀로 묶어놓다니—이름은 오맑음. 이름이 금연 강사에 딱 어울렸다. 일 년 삼백육십오 일을 청소년의 건강을 위해 발로 뛰는 사람이라고 했다.

"반가워요."

담임이 소개를 마치자 오맑음 강사가 소리쳤다. 기차 화통을 삶아 먹었는지 곱상한 얼굴과는 전혀 다른 우렁찬 목소리였다.

"질문 있는데요."

그때 민지가 손을 들었다.

"오호, 아직 강의를 시작하지도 않았는데 벌써 질문? 좋아, 무슨 질문인가요?"

"금연 강의를 하는데 옷차림을 굳이 그렇게 하고 다니는 이유가 뭔가요?"

민지는 자신은 전혀 궁금하지 않은데 다른 아이들의 궁금증을 풀어주기 위해 일어났다는 식으로 무덤덤하게 물었다.

"맞아, 왜 그래?"

"내 말이. 잘난 척하는 거야, 뭐야."

"재수 없어."

여기저기에서 민지 질문에 맞장구치는 소리가 들렸다. 잘난 척할 만하니 잘난 척하는구면 무슨 불만들이 저렇게 많은지 모르겠다.

"내 옷차림이 뭐?"

"몰라서 물으세요? 야하잖아요. 남자 꼬시러 다니는 거도 아니고."

민지가 말하기 전에 누군가 말했다.

"호호호호호호호."

오맑음 강사가 목을 젖히고 웃었다. 남자 꼬시러 다니는 옷차림이라는 말을 듣고도 표정의 변화 없이 웃음이 나오는 걸 보니 보통 사람이 아닌 듯했다.

"여러분. 나는 하루하루 사는 게 즐겁답니다. 나는 그 즐거움을 옷 입는 것으로 표현하지요. 나는 중학교 삼 학년 때 처음 담배를 피웠습니다. 글쎄, 남자 친구를 사귀었는데 그놈이 담배를 피우는 놈이었어요. 서로의 공통점을 공유하기 위해 저도 담배를 피우

기 시작했어요. 뭐든 한번 시작하면 끝을 보는 성격인 탓에 담배
가 무슨 맛인지, 왜 피우는지도 모르면서 틈만 나면 무지막지하
게 피웠습니다. 그러면서 점점 담배 맛을 알게 되었어요. 담배 맛
을 알게 되자 담배에 매달리게 되었어요. 화나면 화나서 피우고
짜증이 나면 짜증이 나서 피워야 하고. 그러다 보니 담배에서 헤
어나지 못할 정도가 되었어요. 공부요? 공부에는 신경 쓸 겨를도
없었어요. 그러던 어느 날 나랑 같이 죽으라고 담배를 피우던 남
자 친구와 헤어졌어요. 그놈이 먼저 나를 찼는데 이유가 뭔지 알
아요? 내 입에서 냄새가 난다는 거예요, 세상에. 그리고 한 번씩
내가 구역질을 해대는 통에 더러워 죽겠다는 거예요. 남자 친구
와 헤어지고 나서 거울 앞에 서서 입 안을 검사해봤지요. 나는 놀
라서 기절하는 줄 알았어요. 내 이가 언제 그렇게 누렇게 변했는
지. 그리고 피부 역시 보들보들 야들야들하던 피부가 아니라 거
칠어 보였어요. 생리적 나이는 십대건만 피부는 육십대에 가깝게
변해 있었어요. 그때 담배를 끊기로 결심했는데 그게 쉬운 게 아
니었어요. 이미 중독되어 있었거든요. 눈물 나는 과정을 거치면서
참 어렵게 금연에 성공할 수 있었지요. 그 뒤로 신바람이 난답니
다. 내 나이가 몇인 줄 아나요?"

오맑음 강사가 물었다. 국가 기밀이라더니 밝히고 싶은 모양이
었다.

"마흔둘이에요."

으악! 여기저기에서 비명이 들렸다.

"아이도 둘 있어요. 초등학교 오 학년과 삼 학년이지요."

헉!

"그런데 그렇게 안 보이지요? 이 피부! 이 하얀 이! 스물일고여 덟이라고 해도 믿을 정도 아닌가요?"

오맑음 강사의 자기 자랑은 자랑이 아니었다. 정말 그렇다고 해도 의심할 사람은 아무도 없었다.

"나는 가끔 내가 담배를 계속 피웠다면 어떻게 변했을까 상상 을 하곤 해요. 생각만 해도 끔찍한 일이에요. 자, 그럼 본격적으로 왜 흡연을 하면 안 되는지 알아보도록 하겠어요."

오맑음 강사는 동영상을 보여주겠다고 했다. 굳이 왜 흡연을 하면 안 되는지 보여주지 않아도 여자아이들은 이미 담배를 피우 지 말아야 하는 이유를 아는 눈치였다. 마흔두 살이 되어도 저렇 게 탱탱하고 야들야들한 피부의 소유자를 보았으니까.

나는 귀퉁이에 찌그러져 서 있는 담임을 보았다. 오맑음 강사 와 열 살 정도밖에 차이 나지 않는데 늙어도 아주 폭삭 늙었다. 시커멓고 어디가 아픈 거 같은 얼굴색. 담임은 오맑음 강사의 아 버지라고 해도 될 거 같았다.

동영상이 켜졌다.

정상적인 폐 사진과 망가진 폐 사진을 동시에 보여주었는데 흡 연으로 인해 변화하는 혈관이 보였다.

꿀꺽! 나도 모르게 침이 넘어갔다. 혈관 속의 피는 끈적끈적했다. 핏속에서 지방이 나왔다. 깨끗하고 맑은 피와는 비교가 되지 않을 정도로 탁했다.

흡연을 하면 혈관이 수축되고 혈액 공급이 줄어든다고 했다. 하긴 저렇게 끈적거리는 피가 혈관을 타고 잘 돌기도 힘들겠다.

끔찍하군, 끔찍해.

거기에다 뇌 사진은 더욱 충격적이었다. 일단 혈관이 수축되어 혈액 공급이 줄어들면 뇌에 산소 결핍을 가져오고 그러면 뇌세포가 손상돼 뇌 기능이 떨어진다고 했다.

뇌가 쪼그라들고 구멍이 송송 나고 시커멓고. 저런 뇌로 공부를 할 수는 없을 거 같았다.

동영상은 흡연으로 인해 망가진 끔찍한 몸의 모습을 보여준 다음 흡연으로 인해 생길 수 있는 병들은 어떤 것이 있는지 설명했다.

동영상이 끝나고 났을 때 강당에는 고요함이 가득했다. 숨 쉬는 소리도 들리지 않을 정도였다.

"휴우."

중간 어디쯤에서 한숨이 터지고 난 후 아이들이 웅성거리기 시작했다.

"어때요?"

오맑음 강사가 물었다.

나는 내 뇌를 상상해봤다. 내 뇌는 지금 어떤 모습일까?

오맑음 강사의 열띤 강의가 시작되었다.

"지금 여러분의 폐는 어떤 색입니까?"

오맑음 강사는 당장이라도 아이들의 배를 해부할 것 같은 날카로운 눈빛이었다. 퍼뜩 준영이 얼굴이 떠올랐다. 냉혈인간은 준영이 폐가 칠십 세 노인의 폐와 맞먹을 거라고 했는데 준영이의 폐는 무슨 색일까.

"뇌는? 여러분의 뇌는 미끄럽습니까? 아니면 점점 쪼그라들며 거칠게 변하고 있습니까?"

오맑음 강사는 이번에는 뇌를 반으로 잘라 볼 눈빛이었다.

"모두 이~ 해보세요. 나는 이를 딱 보면 아, 담배를 피우는구나 아니구나, 한눈에 압니다. 모두 이~."

오맑음 강사는 해맑은 얼굴로, 그러나 눈빛은 여전히 날카롭게 하고 이를 훤히 드러냈다.

자신만만하게 오맑음 강사를 따라 이~ 하는 아이들이 대부분이었다. 나는 담배 같은 것과는 아직 안면도 트지 않았으니 꺼릴게 뭐 있겠느냐는 그런 모습들이었다. 하지만 죄를 지은 듯 입을 양껏 벌리지 못하고 벌릴 듯 말 듯 눈치를 보는 부류의 아이들도 있었다. 그런 아이들은 보나 마나 담배를 피우는 아이들이었다. 이를 검사하지 않고 행동만 봐도 담배를 피우는지 안 피우는지 알아낼 수 있을 거 같았다.

오맑음 강사는 계속 손가락을 내밀어봐라, 잼잼 해봐라, 이것

저것 시켰다. 손톱만 봐도 흡연 여부를 알 수 있다면서 무작위로 아이들을 일으켜 세워 손톱 검사를 하더니 아~ 하고 소리를 내 보라고 했다. 소리만 들어도 흡연 여부를 안다고 말이다. 이건 뭐 신 내린 무당이 금연 강사라는 탈을 쓰고 학교에 온 듯 착각이 되었다.

"담배에 중독되고 나면 우울하거나 불안해지지요. 무슨 일이 생기기만 하면 담배를 찾게 됩니다. 담배는 일시적으로 행복하고 평온한 느낌을 줍니다. 하지만 그때뿐입니다. 결과적으로 사람을 더 불안에 빠지게 만듭니다. 담배의 덫에 제대로 걸리게 되는 거지요. 그렇게 담배의 덫에 걸리면 잠깐의 쾌락을 위해 담배에게 건강과 여러분의 꿈을 모두 담보로 바치게 됩니다. 담배를 피우면서 공부에 열중하는 사람은 없습니다. 학생이 공부를 하지 않고 자신의 미래에 대해 꿈을 꿀 수 있을까요?"

강의를 들으면 들을수록 초조해졌다.

오맑음 강사는 '금연 스트레칭'도 가르쳐주었다. 담배가 생각나면 하는 스트레칭이라고 했다.

오맑음 강사의 강의가 끝나고 강당에는 천둥소리와 같은 박수가 터졌다. 맨 뒤에 앉아 함께 강의를 듣던 교장 선생님과 보건소 직원은 기립 박수까지 보냈다.

"지금 여러분 가방에, 주머니에, 비밀의 장소에 있는 담배는 당장 잘라서 버리세요. 결심은 행동으로 옮길 때 확실해지는 겁니다.”

오맑음 강사는 이렇게 말하며 당당한 모습으로 퇴장했다.

교장 선생님이 담임에게 손짓을 했다. 그러자 담임은 중앙으로 나가 '담배 연기 없는 건강한 학교! 담배는 마약이다!'를 선창했다.

“성돈이 너는 어떠냐?”

교실로 들어오며 서라가 물었다.

“뭐가?”

“금연 강의 듣고 나니까.”

“네가 알아서 뭐하려고?”

“나는 있지. 강의를 들으면서 지금 성돈이 네 폐가 어떻게 생겼을까, 뇌는 또 어떻게 생겼을까? 이런 걱정이 들더라.”

내 폐와 뇌 걱정을 왜 서라 네가 하는데? 네가 우리 엄마 아빠냐, 참 오지랖도 넓다.

“너, 우리 학교 홈페이지에 들어가 봤니?”

서라가 물었다.

홈페이지를 뭐하러 들어가냐? 눈만 뜨면 오는 곳이 학교인데.

“거기에 금연 학교가 어쩌고저쩌고 이런 걸 띄웠어. 교장 선생님이 그동안 학교 여기저기 구석에서 주운 담배꽁초가 뭐 태산을 이루게 생겼다나 뭐라나. 이제 학교는 담배와의 전쟁을 시작하고 담배로부터 우리 학교 학생들을 지키겠다는 교장 선생님의 메시지도 있다더라. 그리고 담배로 인해서 무서운 사건에 연루될 뻔했다는 말도 있대. 그거 성돈이 네 얘기잖아?"

하여튼 어른들은 참 이상하다. 아주 약간의 벌을 주며 용서해 주는 척하면서 뒤로는 까발릴 거 다 까발린다.

"문제는 어제 우리 엄마 아빠가 학교 홈페이지에서 그걸 본 거 야. 그러면서 뭐라고 그러는 줄 알아?"

서라는 기가 막힌지 헛웃음을 웃었다.

"용돈 기입장을 쓰란다. 앞으로 용돈 쓰는 것을 낱낱이 기입하 란다. 절대 허위 사실을 기입하는 일이 없어야 하고 만약 그럴 경 우 용돈이고 나발이고 다 끝이란다. 더 기가 막힌 것은 용돈 기입 장을 하루에 한 번씩 검사 맡으란다. 혹시 담배를 살까 봐 그러 는 거 같더라. 그래서 나는 담배를 피우지 않는다고 했더니 홈페 이지를 보면 우리 학교 학생들 모두가 의심된다면서 믿어주질 않 아. 너는 이제 어떻게 할래? 담배도 비싸잖아. 이참에 끊어라. 그 리고 아침마다 피켓을 들고 금연 홍보대사를 하는 마당에 담배를 피우는 것보다야 끊는 것이 훨씬 더 양심적이기도 하지."

그렇지 않아도 걱정이 태산인데 서라는 그 걱정에 기름을 붓고 불을 질렀다.

하긴 서라의 말 중에 틀린 말은 하나도 없었다. 아빠 담배도 훔 치지 못하는 처지가 되었고 그렇다고 해서 담배를 딱딱 살 형편 도 아니다. 거기에다 오늘 금연 강의를 듣고 나니 한번 끊어보고 싶은 생각도 들었다.

수업이 끝나고 교무실로 갔다. 담임에게 준영이 집 주소 좀 알려달라고 할 참이었다. 담임은 교무실에 없었다.

학교에서 나와 편의점에서 막대 사탕 하나를 사서 입에 물고 나오는데 저만큼 학교 담장 밑에 후줄근한 남자의 뒷모습이 보였다. 구부정한 등, 엉덩이가 헐렁한 낯익은 바지, 담임이었다. 나는 막대 사탕을 쪽쪽 빨며 천천히 담임에게 다가갔다.

담임은 담배를 피우고 있었다. 담배 연기가 담임 머리 위로 몽글몽글 피어올랐다. 학교 안에서 담배를 피울 수 없게 되어 교문 밖으로 원정을 나와 흡연 중인 거다.

"아, 깜짝이야."

담배를 발로 비벼 끈 다음 뒤돌아보던 담임이 소스라치게 놀랐다.

"야, 오면 온다고 말 좀 하고 와라. 아, 심장 떨어지는 줄 알았네."

담임은 얼굴까지 붉히면서 화를 냈다. 그러면서 쌩하고 교문을 향해 내달렸다. 내 행동이 저만큼 화를 낼 정도였나? 혹시 나를 교장 선생님으로 착각했었나? 오늘 담임은 몰래 담배 피우는 아이들의 입장을 제대로 체험했겠군. 나는 차마 담임을 따라 들어갈 수 없었다. 준영이 집에 가는 것은 오늘은 포기해야 할 거 같았다.

응급실행

아침에 일어나 금연 스트레칭을 했다. 기지개를 아주 늘어지게 켜면서 숨을 들이마신 다음 삼 초 뒤에 내뱉고, 다시 들이마시고 내뱉고 그러면서 '나는 건강하다'를 마음속으로 외치면서 오맑음 강사한테 배웠던 것을 열심히 하고 있을 때 아빠가 들어왔다.

밤을 새우고 일해서인지 아빠 얼굴이 거칠했다. 아빠는 집에 들어오자마자 주머니에서 로또를 꺼내 북북 찢어 쓰레기통에 버렸다. 웬일로 나를 시키지 않고 직접 로또를 산 모양이었다.

"되는 일이 없어요, 되는 일이 없어."

중얼거리며 베란다로 나간 아빠는 담배를 피우기 시작했다. 한쪽에서는 열심히 금연 스트레칭을 하고 있는데 한쪽에서는 줄담배를 피웠다.

"이게 뭐야? 버리려면 제대로 버리지."

그때 엄마가 안방에서 나오며 쓰레기통 옆에 떨어진 로또 조각을 집어 들었다.

"참, 이런 거는 뭐하러 사나 몰라. 그 돈으로 맛있는 거나 사 먹지."

엄마 말을 들으며 나는 이렇게 생각했다.

'저런 거는 뭐하러 사나 몰라. 그 돈으로 담배를 사면 좀 좋아.'

나는 내 생각에 스스로 놀라 얼른 고개를 흔들며 다시 금연 스트레칭을 했다.

"성돈아."

아빠가 거실로 들어오며 심각하게 불렀다.

"너, 아빠 심부름 좀 해라. 암만동 지구대 알지?"

암만동 지구대면 예전에 스마트폰을 갖다 주었던 곳이다.

"또 누가 스마트폰 두고 내렸어?"

엄마가 끼어들었다.

"아니야."

아빠는 고개를 저었다. 오늘따라 아빠가 기운이 하나도 없었다.

"암만동 지구대 옆에 다사랑 어린이집이라고 있어. 거기 좀 다녀와라. 오늘은 일요일이니까 안 되고 월요일에 다녀와라."

"왜 갑자기 어린이집에는 가래?"

엄마가 나 대신 물었다.

"콜록 콜록 콜록."

아빠는 대답을 하려다 기침을 해댔다.

"당신 어디 아파?"

"감기 기운이 약간 있어. 성돈이 너 다사랑 어린이집에 가서 택시비 받아와라."

"예, 택시비요?"

이건 또 무슨 자다가 봉창 뜯는 소리람.

"그래. 얼마 전 아침에 시내에서 어떤 여자를 태웠는데 지각이라고, 바쁘다고 난리굿을 치면서 빨리 암만동으로 가자고 그러는 거야. 내 평생 그렇게 빨리 차를 몬 적은 없는 거 같다. 신호 좀 지키려면 아저씨는 무슨 신호라는 신호는 다 지키면서 운전을 하느냐고 성질을 바락바락 부리고 과속 카메라가 있어서 속도를 줄이려면 요즘 과속 카메라는 고장 난 것도 많다는데 그렇게 겁이 많아서 어떻게 택시를 하느냐고 사람을 겁보로 만들지를 않나. 아무튼 뒤돌아서 머리통 한 대를 갈기고 싶은 걸 겨우 참고 암만동까지 왔지. 그런데 택시비를 계산하려고 카드를 받았는데 그게 안 되는 카드야. 이상하다 하면서 다른 카드를 주더라. 역시 그 카드도 안 되더라. 그러니까 또 다른 카드를 줘. 역시 안 되었지. 그러자 카드 단말기가 고장이라고 짜증을 있는 대로 부리더라고. 나는 미안하다고 말하면서 계좌번호를 적어줬지. 나중에 시간 나면 입금해달라고 말이다. 당장 입금해줄 테니 카드 단말기나 고쳐서 다니라면서 큰소리 빵빵 치더니 다사랑 어린이집으로 들어가더라. 거기에서 일하나 봐."

"그런데 입금이 안 되었어?"

"안 됐으니까 내가 지금 이런 말을 하는 거 아니야? 콜록."

"이상한 사람이네."

"더 이상한 거는 카드 단말기가 고장이 아니었다는 거야. 나중에 혹시나 해서 다른 손님 카드를 해봤거든. 그랬더니 잘만 되더라고."

"그럼 뭐야?"

엄마가 황당한 표정을 지었다.

"당한 거 같아. 그러니까 성돈이 네가 그 어린이집에 가보란 말이야."

아니, 아빠가 당했으면 아빠 스스로가 나서야지. 왜 거기에 나를 끼워 넣는지 모르겠다. 중학교 삼 학년짜리 아들을 로또 사러 보내는 것도 모자라 이제 택시비 수금까지 시키겠다고. 참 해도 해도 너무한다.

"그건 당신이 해야지. 왜 성돈이를 시켜?"

내 말이.

"나는 바쁘잖아."

대한민국 택시 기사만 바쁜가? 대한민국 중학생도 바쁘기는 마찬가지다.

"그런데 어린이집에 전화는 해봤어?"

"해봤지. 이러이러한 사람이 거기에서 일하느냐고 물어봤지. 교사인 거 같더라고. 그래서 바꿔달라고 했더니 나보고 누구냐고 꼬치꼬치 묻는 거야. 택시비 때문에 그런다고 했더니 수업 중이니 나중에 전해준다고 하기에 다시 계좌번호를 알려주고 빨리 입금해달라고 전해 달랬지. 하지만 역시 입금이 안 된 거야. 다시 전화했지. 그랬더니 전화를 바꿔주더라고. 그런데 이 여자가 도리어화를 내는 거야. 그깟 택시비 떼어먹을까 봐 그러느냐고. 월급 타면 이체해줄 테니 걱정 붙들어 매라고 그러는 거야."

"월급 타면? 택시비가 얼마였는데?"

"만이천오백 원."

"기막혀. 만이천오백 원을 월급 타면 갚겠대? 그래서 어떻게 했어?"

"갚겠다는데 어떻게 해? 알았다고 하고 끊었지. 그런데 그제가 그 여자가 말한 월급날이었는데 아직 입금이 안 됐어. 에이, 못돼먹은 여자 같으니라고. 콜록."

아빠는 화를 내다 얼른 가슴을 턱 쳤다. 기침을 하면서 가슴이 아픈 모양이었다.

"당신은 왜 그래? 집안 식구들은 못 잡아먹어서 안달을 하면서 왜 밖에 나가면 다른 사람들한테는 하고 싶은 말도 제대로 못하느냐고? 하고 싶은 말 하는 게 창피해? 나하고 애들한테 억지 쓰고 화풀이하는 거는 안 창피하고?"

"그렇지 않아도 속이 터져 죽겠는데 불난 집에 부채질해? 바빠서 그러는 거라고 했잖아. 콜록 콜록 콜록."

아빠는 소리를 지르다 다시 연속적으로 나오는 기침을 어쩌지 못하고 거실 바닥에 쪼그리고 앉았다.

"병원에 가야겠네. 오늘 하필 일요일이라서 어쩌지?"

엄마가 걱정스런 얼굴로 아빠 앞에 앉았다.

"비켜! 병원은 무슨 병원이야? 내가 말이야. 이래 봬도 이십대들도 울고 갈 허벅지에 장딴지를 가졌다고. 알아?"

아빠의 허세가 또 시작되었다. 이십대도 울고 갈 허벅지와 장딴지라니! 비쩍 말라서 근육이라고는 찾아보려야 찾아볼 수 없구먼.

"감성돈. 월요일에 찾아가서 받아와라."

나는 대답하지 않았다. 아빠가 쪽팔리면 나도 쪽팔린 거다. 아니, 나는 아빠보다 더 쪽팔린다. 아빠는 왜 대답을 안 하느냐고 성화였다. 나는 입을 꾹 다문 채 절대 열지 않았다. 로또 사겠다고 줄 서 있는 것도 쪽팔려 죽겠는데 이제 택시비 수금까지 다니라고? 죽어도 못한다.

적어도 두 시간 이상 계속되어야 할 아빠의 억지와 잔소리가 여기에서 그쳤다. 아빠는 계속 나오는 기침을 어쩌지 못하고 방으로 들어갔다. 안방으로 들어가는 아빠의 뒤통수가 죽을 만큼 미웠다.

"갔다 오지 그러냐?"

언제 나왔는지 누나가 말했다.

"담배 배워 갖고 이상한 짓 하고 다니지 말고 심부름하면 좀 좋아? 나는 이날 이때까지 말썽부려서 부모님을 학교에 소환한 적은 단 한 번도 없었어. 어떻게 하면 그럴 수가 있을까? 나는 도저히 이해를 못하겠어."

누나가 빈정거렸다.

"그러고도 혹시 담배를 계속 피우는 거는 아니겠지?"

내가 아무 말도 하지 않자 누나는 아주 신이 났다.

"그런 거 상관하지 말고 돈이나 갚아. 이 미……."

나는 미친년이라고 말하려다 간신히 참았다.

"무슨 돈?"

누나는 눈을 크게 뜨며 어깨를 으쓱 올렸다. 완전히 닭 잡아먹고 오리발 내미는 꼴이다. 정말 몰라서 저러는 걸까 알고도 일단 모른 척하는 걸까.

"내 병원비 갖고 갔었잖아."

"아하, 그거? 너 어차피 감기 나았잖아. 감기라는 게 병원에 안 가도 낫는 거거든. 병원에 자주 가면 뭐가 좋아. 건강에는 더 안 좋은 거라고. 너는 차라리 나한테 고맙다고 해야 해."

누나는 말을 마치고 방으로 팽 들어가 버렸다. 엄마는 한숨을 내쉬며 식당으로 출근했다.

아빠의 기침은 계속되었다. 기침 소리도 점점 이상하게 변해갔다. 기침 소리에서 덜커덕거리는 쇳소리가 났다.

'아, 진짜 약이라도 먹든가.'

나는 귀를 막았다. 그래도 고스란히 들리는 기침 소리에 짜증이 몰려왔다.

점심때가 되어 라면을 하나 끓여 먹었다. 내가 다 먹고 나자 이번에는 누나가 나와서 라면을 끓였다.

"콜록 콜록 콜록."

안방에서는 끊임없이 아빠 기침 소리가 들렸다.

"약이라도 먹지."

누나는 중얼거리며 후루룩후루룩 면발을 당겨 맛있게 먹었다.

"한숨 자야겠다."

라면을 먹고 난 누나는 방으로 들어가고 안방에서 나던 기침 소리도 조금 잦아들었다. 나는 거실을 왔다 갔다 했다. 뭔가 불안했다. 해야 할 일을 하지 않은 것처럼, 똥을 누고 밑을 닦지 않은 것처럼 찜찜하고 불안했다. 나는 곧 그 불안함이 금연의 금단현상이라는 것을 깨달았다. 금연 강의 때 오맑음 강사가 해줬던 말이다.

무엇에도 집중할 수가 없었다. 일 년이라는 시간이 무섭구나. 나도 담배에 제대로 중독되었구나. 이런저런 생각을 하면서 계속 거실을 돌아다녔다. 그때 현관 신발장 위에 놓인 아빠 가방이 눈에 들어왔다. 빠르게 머릿속을 스쳐 지나가는 생각이 있었다. 나는 누나 방과 안방을 힐끗 본 다음 재빨리 가방 지퍼를 열었다. 그리고 담배 두 개비를 뽑아 주머니에 넣었다.

나는 라이터를 찾아 들고 뒤도 돌아보지 않고 집에서 나왔다. 벌건 대낮에 안전하게 담배를 피울 장소를 찾다 시장까지 갔다. 나는 시장의 후미진 골목에 서서 담배를 피웠다. 한 모금 깊게 연기를 빨아들이고 내뿜자 막혔던 가슴이 훤하게 트이는 기분이었다. 꼬리처럼 내내 따라다니던 불안감도 어느새 다 사라졌다.

"야, 밥은 먹고 다니냐? 뭐라도 주워 먹어라."

나는 담장 위에 앉아 나를 빤히 쳐다보고 있는 길고양이에게 다정하게 말을 걸 만큼 기분이 좋아졌다.

집으로 돌아와 방바닥에 벌렁 누웠다. 그때 휴대전화가 울렸다. 준영이었다.

"야, 이 새끼야. 대체 어떻게 된 거야? 왜 전화는 안 받아? 카톡 확인은 또 왜 안 하는 거야? 뭐 이런 새끼가 다 있나 몰라."

반갑기는 반가운데 욕부터 튀어나왔다. 왜 새끼라고 부르느냐고, 내가 네 새끼냐고 맞장구를 쳐야 할 준영이가 조용했다.

"준영아."

나는 조심스럽게 준영이를 불렀다.

"성돈아."

다 죽어가는 준영이 목소리가 전화기를 타고 들려오는 순간 나는 머리끝이 섰다. 낮고 쉰 목소리, 거친 숨소리, 잘은 모르지만 준영이에게 큰일이 일어났다는 것을 온몸으로 느낄 수 있었다. 마치 전류에 감전이 된 듯 몸이 부르르 떨렸다.

"너, 우리 집에 올 수 있냐?"

"지금?"

"응, 지금."

준영이는 아파트 이름과 동 호수를 알려주었다. 몇 마디 되지 않는 그 말을 하면서 준영이는 가쁜 숨을 내쉬었다.

나는 바로 준영이 집으로 달려갔다. 아파트 현관문을 여는 순간 나는 내 눈앞에 펼쳐진 광경에 숨이 멎는 줄 알았다.

준영이가 신발장 앞에 쪼그리고 앉아 있는데 완전히 해골이었다. 준영이는 나를 보더니 힘겹게 손을 들고 맞아주었다.

"성돈아. 나 병원에 좀 데리고 가줘라. 링거라도 맞아야겠다."

"미치겠네. 네 꼴이 이게 뭐냐? 응? 니네 엄마 아빠는 안 계셔? 학교에도 안 오더니 그동안 병원도 안 간 거야?"

사람이 며칠 만에 이렇게 변할 수도 있다니 믿어지지 않았다.

"병원 갔었지. 주사도 맞고 약도 먹었어. 그런데 무슨 감기가 이렇게 안 낫냐?"

말을 할 때마다 준영이 목소리에서 쇳소리가 나고 가래 끓는 소리가 났다.

"엄마 아빠는?"

"지방으로 출장 가셨어. 우리 치킨집 체인점을 하겠다는 사람

만나러.”

“새끼. 완전히 관 속으로 들어가게 생겼네.”

나는 준영이를 부축해서 일으켰다. 준영이는 허깨비처럼 가벼
웠다.

“119 부를까?”

아무래도 그러는 편이 좋을 거 같았다.

“새끼야, 쪽팔려. 아파트 상가 이 층에 박 내과라고 있어. 의사
가 이 아파트에 살고 있는데 일요일에도 비상벨을 누르면 진료해
줘. 거기로 데려다줘.”

다 죽어가면서도 쪽팔리기는.

박 내과에 가는 동안 준영이는 나에게 온몸을 기댔다.

“요즘 감기가 아주 독해.”

의사는 준영이 얼굴을 보며 혀를 찼다. 준영이는 링거를 맞았다.
병원에서 돌아와서도 나는 준영이를 혼자 두고 집에 갈 수가 없었
다. 준영이는 한숨 자고 일어났다. 자면서도 계속 기침을 했는데
기침 소리도 얼마나 힘이 없는지 불쌍해서 못 들어줄 지경이었다.

“이제 너는 그만 집에 가라.”

한숨 자고 난 준영이가 말했다.

“됐어. 나중에 갈게.”

“아니야. 이제 훨씬 나아진 거 같다. 나는 또 잘 거야. 그러니까
그만 가라. 고맙다.”

잔다는 말에 준영이 집에서 나왔다.

집에 도착해서 세수를 하고 있을 때 다시 준영이에게서 전화가
왔다.

"서, 서, 성돈아……."

"왜 그래? 왜?"

나는 준영이 집으로 달렸다.

준영이는 불과 삼십 분 전의 모습이 아니었다. 하얗게 껍질이
일어났던 입술이 파랗게 질려 있었다. 거기에다 숨을 제대로 못
쉬었다.

나는 119 구급차를 불렀다. 준영이는 큰 사거리에 있는 큰 병원
으로 갔다.

"지금 빨리 대학병원으로 가든지 아무튼 큰 병원으로 가야 할
거 같아. 급해. 이 폐 사진을 갖고 가고."

준영이의 폐 사진을 찍어본 의사는 굳은 얼굴로 말했다. 이 병
원도 큰 병원인데 더 큰 병원으로 가라는 말은 그만큼 준영이의
상태가 좋지 않다는 뜻이다.

병원에서 내준 구급차를 타고 대학병원으로 갔다. 준영이의 엑
스레이를 확인한 의사는 좀 더 자세한 것을 알기 위해 몇 가지 검
사를 해야 한다고 했다.

"물을 마시고 싶다고 해도 절대 줘서는 안 됩니다."

의사는 준영이 팔에 링거를 몇 개나 매달았다. 그리고 배에 뭔

가를 붙였다. 배에 붙인 것은 머리맡의 이름을 알 수 없는 기계와 선으로 연결되었는데 옷 때문에 제대로 연결되지 않았다.

"아, 이 옷 찢어도 되겠습니까?"

의사가 준영이가 입고 있는 티셔츠를 보고 물었다. 준영이는 정신이 없는지 대답하지 못했다. 나는 그래도 된다고 말했다.

"아, 목말라. 성돈아. 물 좀 줘라."

준영이는 타들어 가는 입술로 나에게 애원했다.

"물 마시면 안 된다고 했어."

"조금만. 딱 한 모금만."

준영이는 사정했다. 그러자 의사는 물을 적신 거즈를 준영이 입에 물려주었다. 입술만 축이라고 했는데 준영이는 거즈를 입술로 꽉 짜서 거기에서 나온 물을 삼켰다.

"니네 엄마 아빠한테 전화해야 하는데 전화번호 몇 번이냐?"

나는 준영이에게 물었지만 준영이는 이미 대답할 수 없을 정도로 상태가 나빠졌다. 일 분 일 초의 간격으로 준영이는 변하고 있었다.

준영이는 검사를 받기 위해 침대에 실려 응급실에서 나갔다. 준영이는 내 손을 꼭 잡았다. 준영이가 나를 쳐다봤다.

"괜찮을 거야."

나는 그 말밖에 할 수 없었다. 간호사가 빨리 보호자에게 연락을 하라고 했다.

준영이의 가족

준영이 아파트로 전화를 했다. 그리고 경비실을 통해 준영이 엄마의 휴대전화 번호를 알아낼 수 있었다. 나는 준영이 엄마에게 이 사실을 어떤 식으로 말해야 정확하게 전달이 될 수 있을지 고민이었다. 감기 증상만이 있었을 뿐 특별한 점은 없었던 아이가 지금 대학병원 응급실에 왔고 링거 병을 주렁주렁 달고 듣도 보도 못한 검사를 하는 중이라고 하면 준영이 엄마는 믿어줄까. 전화하는 나라는 인간조차도 믿지 못하는 거는 아닐까. 혹시 준영이를 미끼로 돈을 뜯어내려는 조작으로 볼 수도 있겠다. 이러저러한 복잡한 생각이 머릿속에 가득 찼다.

나는 마음을 다잡고 준영이 엄마에게 전화를 했다. 그리고 나는 준영이의 전화를 받고 준영이를 데리고 병원에 온 것까지만 이야기하고 간호사를 바꿔주었다. 간호사는 준영이의 상태를 몇 번이고 반복해서 설명했다. 준영이 엄마가 믿지 못하는 게 분명했다.

검사를 하러 간 준영이는 쉽게 돌아오지 않았다. 응급실 문은 쉴 새 없이 열리고 환자들이 들이닥쳤다.

언젠가 '시간이 멈춘 것 같다'라는 말을 들은 적이 있었다. 드라마인지 아니면 영화인지 잘 모르겠다. 책을 잘 읽지 않으니 책에서 봤을 리는 없다. 나는 낯선 곳, 어쩌면 우주 한 공간, 사람의 기척이라고는 없는 어디인가에 혼자 서 있는 느낌을 받았다. 어떠한 기억도 없고 앞으로 어떤 일이 일어날 것인가에 대한 두려움이나 또는 기대도 없는 곳, 과거와 현재와 미래가 공존하는 곳. 그것은 시간이 멈춘 상태 또는 육체와 영혼이 나뉜 상태일 수도 있다. 나는 응급실에서 움직이지 않고 그런 상태를 고스란히 느끼고 있었다.

나는 준영이 엄마가 온 다음 정신을 차렸다. 다시 시간이 흐르고 있다는 걸 느끼게 되었을 때 불안감과 두려움, 공포가 엄습해왔다.

"이게 도대체 어떻게 된 거야?"

준영이 엄마는 발을 동동 굴렀다. 하지만 이게 대체 어떻게 된 건지 준영이 엄마도 나도 모르기는 마찬가지였다.

"고맙다. 너는 그만 집에 가."

얼마가 지나고 준영이 엄마는 눈물범벅인 얼굴로 말했다. 하지만 나는 그곳을 나올 수가 없었다.

몇 시간이 지났는지 모른다. 검사를 마친 준영이가 중환자실로 옮겨졌다. 검사 결과는 급성 폐렴이었다.

"지금 상태로는 어떤 방향으로든 단정 지을 수가 없습니다만 만날 가족분들 계시면 모두 오시라고 하고 마음의 준비를 하셔야겠습니다."

준영이 엄마와 내가 중환자실로 갔을 때 의사가 덤덤한 얼굴로 말했다.

"마음의 준비라면?"

준영이 엄마는 의사의 말뜻을 이해할 수 없다는 얼굴로 물었다.

"상당히 위험하다는 말씀입니다."

"그게 말이 되나요? 며칠 전만 해도 건강했었어요. 감기 증상이 있다고 해서 병원에 가라고 했어요. 그런데 하루아침에 그렇게 된다는 게 말이 됩니까?"

준영이 엄마는 떨리는 목소리로 의사에게 따졌다.

"그래서 급성이라고 말씀드리지 않습니까? 급성 폐렴입니다, 급성. 폐가 안 좋은 상태에서 폐렴이 온 거지요."

의사는 급성이라는 말을 강조했다. 준영이 엄마는 중환자실 바닥에 털썩 주저앉아 소리도 내지 못하고 눈물을 쏟아냈다. 기가 막힐 노릇이었다. 준영이 엄마도 그렇겠지만 나도 이 상황이 도저히 믿기지 않았다. 아무리 급성이라도 그렇지 이게 무슨 청천벽력 같은 소리인가.

준영이는 산소마스크를 쓰고 몇 개나 되는 링거 병을 매달고 중환자실 중에서도 격리실에 있었다. 의식은 없는 상태였다. 불과 몇 시간 전 말도 곧잘 하고 나와 함께 이 병원으로 왔던 준영이었다. 믿기지 않았다.

준영이 엄마와 나는 중환자실에서 나왔다. 중환자실은 보호자라고 하더라도 계속 있을 수가 없는 곳이었다. 하루 두 번 면회 시간이 있었다.

"어디에 알려야 하는 건가?"

준영이 엄마는 중환자실 앞에 놓인 의자에 앉아 중얼거렸다. 눈동자가 초점을 잃고 멍했다. 그러다 겨우 준영이 아빠에게만 전화해서 '빨리 와' 이 한마디 하고는 끝이었다. 준영이 엄마는 무릎에 머리를 묻고 울었다.

밤이 깊었지만 나는 준영이 엄마를 혼자 두고 집으로 갈 수가 없었다. 밤 열두 시가 다 되어서 엄마에게 전화가 왔다.

"너 어디야?"

친구가 아파서 중환자실에 입원했다고 했더니 거짓말하지 말고 빨리 들어오라고 소리쳤다. 또 놀이터 살인사건 같은 사건에 연루되는 짓을 하고 다니면 가만 안 둔다고 엄포도 놨다. 거짓말이 아니라고 소리칠 기운도 없었다. 나는 금방 간다는 말을 하고 전화를 끊었다.

밤이 깊었지만 병원의 밤은 깊어가지 않았다. 환한 불빛과 쉽게 잠들지 못하는 사람들, 그리고 꺼지지 않는 휴게실의 텔레비전.

준영이 엄마는 환자의 보호자들이 모여 있는 휴게실 의자에 멍하니 앉아 텔레비전만 쳐다보고 있었다. 그러다 무슨 생각이 들었는지 급하게 휴대전화를 꺼내 들었다.

"왜 아직 안 오는 거야?"

준영이 아빠한테 전화를 하는 거 같았다.

"그게 그렇게도 중요해?"

준영이 엄마는 날카롭게 날이 선 목소리로 따지듯 말했다. 물기가 가득한 눈과는 달리 건조한 목소리였다.

"지금 준영이가 심각하다고, 심각해. 준영이는 당신 아들 아니야?"

준영이 엄마 목소리가 텔레비전 소리만 나지막하게 들리던 휴게실의 밤을 깨웠다. 지방에서 올라왔는지 휴게실 구석에 돗자리를 펴고 이불을 덮고 잠을 청하던 몇이 고개를 들고 준영이 엄마를 바라봤다.

"어떻게 아빠라는 사람이 친구만도 못해? 준영이 친구는 준영이 걱정에 집에도 안 가고 여기에 있어."

준영이 엄마는 여전히 바짝 말라 툭툭 갈라지는 목소리로 말했다. 준영이 엄마 말에 나는 텔레비전으로 눈을 옮겼다. 그리고 텔레비전을 보느라고 준영이 엄마 말을 못 들은 척했다.

오늘 밤에는 집에 못 들어갈 거 같았다. 안 들어가도 크게 상관은 없다. 엄마는 지금쯤 피곤에 지쳐 곯아떨어졌을 테니 말이다.

새벽에 준영이 아빠가 왔다. 굳이 준영이 아빠라고 말하지 않아도 한눈에 알아볼 수 있을 만큼 준영이와 똑같이 생겼다.

"어디가 어떤데 그래? 병실이 어디야? 가보자고."

준영이 아빠는 이맛살을 있는 대로 찡그리며 따지듯 물었다.

"지금은 못 봐. 면회 시간 되어야 해."

"별 이상한 병원도 다 있네. 면회 시간이 언젠데?"

"내일 아침 열 시."

"열 시? 당신 지금 장난해? 그럼 나보고 왜 빨리 오라고 한 거야? 가뜩이나 정신없어 죽겠는데."

준영이 아빠가 눈을 부릅떴다.

"마음의 준비를 하래. 마음의 준비를 하라는데 그럼 빨리 오라고 해야지, 내일 아침 열 시까지 오라고 해?"

놀라운 일이었다. 준영이 엄마는 눈물이 가신 눈으로 준영이 아빠를 날카롭게 쏘아보며 말했다. 꼭 남의 집 아들 얘기를 하는 것 같았다.

"무슨 자다가 봉창 뜯는 소리야? 뭘 마음의 준비를 해?"

준영이 아빠는 짜증이 가득 찬 목소리였다.

"말도 못 알아들어?"

준영이 엄마가 소리를 질렀다.

"아, 진짜."

이불을 젖히고 쳐다보던 사람이 도로 이불을 덮으며 짜증을 부렸다. 준영이 엄마가 자리에서 벌떡 일어나 휴게실 밖으로 나갔다. 준영이 아빠가 따라 나갔다.

휴게실 밖에서 준영이 엄마는 준영이 아빠에게 자초지종을 이야기하는 거 같았다. 준영이 엄마는 뒤돌아 있어서 어떤 표정인지 알 수 없었다. 하지만 정면으로 보이는 준영이 아빠의 얼굴은 아직도 사실이 제대로 파악되지 않은 듯 찡그린 얼굴이었다.

"너는 그만 집에 가. 학교도 가야 하잖니. 택시 타고 가. 고맙다."

휴게실로 들어온 준영이 엄마가 내 손에 돈을 쥐여주었다. 나는 휴게실에서 나와 계단으로 일 층까지 내려왔다. 준영이 아빠가 일 층의 텅 빈 대기실 의자에 앉아 있었다.

택시를 타고 집에 돌아왔을 때 다섯 시가 넘고 있었다.

"이제 하다 하다 외박도 하냐, 새끼야."

현관문을 열었을 때 거실에 있던 아빠와 마주치고 말았다. 일을 나가는 건지 아니면 일을 마치고 돌아온 건지 알 수 없었다.

"내가 저런 놈 먹이고 입히고 가르친다고 이 고생이지, 콜록."

또 저 소리다.

나는 못 들은 척 방으로 들어왔다. 불도 켜지 않은 채 침대에 엎드렸다. 거실은 조용했다. 오늘은 웬일로 한마디로 끝을 내주었을까. 해가 서쪽에서 뜰 일이다.

주변이 고요로 가득 찼다. 내 숨소리만 들릴 뿐이었다. 그러자 고요를 타고 문득 두려움이 몰려왔다. 준영이가, 준영이가 죽을 수도 있다는 것일까. 그 생각을 하자 숨이 턱 막혔다. 나는 자리에서 벌떡 일어나 창문을 열었다. 찬 공기를 쐬자 막혔던 숨통이 트였다. 그렇다고 해서 두려움이 물러간 것은 아니었다. 두려움은 공포로 변해 내 등을 눌렀다. 나는 공포에 눌려 움직일 수 없었다.

준영이가 죽을 수도 있다니. 말도 안 된다. 준영이는 이제 고작 열여섯 살이다. 열여섯 살! 나는 열여섯 살이라는 나이가 이렇게 적은 나이라는 걸 새삼 깨달았다. 사람이 한번 태어나면 한 번은 죽게 되고 그게 피할 수 없는 일이라고 하지만 열여섯 살에 죽는다는 것은 진짜 말도 안 된다.

얼음처럼 굳어 있던 나는 누나가 방문을 열자 마법에서 풀리듯 몸을 움직였다.

"너, 외박했지? 좀 전에 들어왔지?"

누나가 물었다. 오늘은 무슨 트집을 잡아 사람 속을 뒤집어놓으려고 아침 댓바람부터 남의 방에 들어오는지 모르겠다. 남이야 외박을 하든 말든.

무슨 말을 할 것 같았던 누나는 엄마의 등장에 입을 다물었다.

"감성돈! 너, 외박을 하면 어떻게 해?"

엄마가 대뜸 소리부터 질렀다.

"내 말이, 머리에 피도 안 마른 놈이, 못된 것만 배워 갖고."

누나가 혀를 쏙 내밀어 보이고는 퇴장했다.

"왜 속을 썩여? 너라도 제발 속 좀 썩이지 마."

"그런 게 아니야. 친구가 아파서 병원에 있어. 병원에 있다가 온 거야."

"그게 말이 돼? 친구가 아픈데 네가 왜 밤새 거기에 있어? 어디에서 뭘 했는지 거짓말하지 말고 솔직하게 말해봐."

엄마는 내 말을 믿지 않았다. 이건 이렇고 저건 저렇고 처음부터 설명을 해도 먹힐 분위기가 아니었다. 그리고 그 긴 이야기를 할 만큼의 기운이 나에겐 없었다.

나는 입을 꾹 다물고 엄마 야단을 들었다.

담임은 교문 앞에서 세상에서 가장 험상궂은 얼굴을 하고 서 있었다. 어깨에 띠를 두르고 내가 들어야 할 피켓도 들고 있었다.

"삼십 분 일찍 와야 할 놈이 지각 직전에 오면 어쩌자는 말이냐?"

담임은 분해 죽겠다는 듯 볼을 씰룩거리더니 떡하니 나에게 피켓을 넘기고 부리나케 학교 담장을 타고 학교 뒤로 사라졌다. 그리고 잠시 뒤 생생한 담배 냄새를 풍기며 나타났다.

나는 준영이 얘기를 할까 하다가 그만두었다. 연락할 때가 되면 준영이 엄마가 직접 할 테니까.

"성돈이 너 무슨 걱정 있나?"

담배를 피우고 와서 기분이 좋아진 담임이 내 얼굴을 찬찬히 뜯어보며 물었다.

"아니요."

"아니긴 뭐가 아니야. 내가 몇십 년 너 같은 놈들만 보고 살았다. 분명 무슨 일 있구면. 무슨 일인지 솔직히 말해봐."

아니라고 하면 아닌가 보다 하고 말면 될 것을 왜 집에서나 학교에서나 솔직하게 말하라고 하는지 모르겠다.

"아이씨, 아니라고요."

"이 새끼가 어디다 대고 아이씨야? 또 살인사건에 연루되었냐? 그렇다면 경찰에서 연락오기 전에 나한테 말해라. 내가 완충작용을 해주마."

내가 말을 말아야지. 나는 입을 다물었다.

아이들이 뜸해져서야 나는 교실로 들어왔다.

"너, 무슨 일 있냐? 아니면 어디 아프냐?"

교실로 들어오자 이번에는 서라가 물었다.

"박서라."

나는 두 눈을 똑바로 뜨고 서라를 바라봤다.

"응?"

서라는 '응' 이라고 부드럽게 대답했다. 평소대로라면 '왜?' 라고 따지듯 말해야 했다.

"부탁이 있다."

"말해. 못 들어주는 거 빼고는 다 들어줄게."

서라가 살포시 웃었다. 저게 오늘 왜 저렇게 콘셉트를 바꾸고 난리람.

"제발 오늘은 나한테 말 좀 시키지 마라. 내가 말할 기운이 없거든."

나는 진심으로 간절하게 말했다.

"기운이 없다고? 아하, 너 그거 금단현상이야."

서라가 손뼉을 탁 치며 말했다.

"어떻게 하냐? 금단현상 그거 무지하게 힘들다고 하더라. 기운이 없다가 화도 나고 짜증이 파도처럼 밀려오고 아무나 보고 욕도 하고 싶고 싸움도 걸고 싶다더라."

"야. 그거 아니거든."

나는 소리를 버럭 지르고 책상에 엎드려버렸다. 갑자기 담배 생각이 간절해졌다.

학교를 마치고 바로 병원으로 갔다. 면회 시간을 맞춰 가느라고 청소도 빼먹었다. 나는 하루도 안 된 시간에 거의 시체처럼 변한 준영이 엄마에게 준영이가 어떤지 감히 물어볼 수가 없었다.

면회 시간, 중환자실의 두꺼운 유리문이 열리고 나는 준영이 엄마 아빠와 함께 안으로 들어갔다.

준영이는 산소마스크를 쓰고 반듯하게 누워 있었다. 아직도 의식이 돌아오지 않은 모양이었다. 얇은 환자복 위로 준영이의 가쁜 숨이 고스란히 나타났다.

"휴우, 아주 꼴좋다. 어린 새끼가 담배 때문에 이 꼴이 되었다면 누가 믿겠어?"

준영이 아빠가 한숨을 쉬며 중얼거렸다.

그 말에 나는 정신이 번쩍 들었다. 담배! 담배라니!

"감기 탓도 있어."

준영이 엄마가 준영이 손을 꼭 잡고 역시 중얼거리듯 말했다.

"폐가 건강하면 감기 때문에 급성 폐렴으로 가지는 않았겠지. 당신은 의사 말 듣고도 감기 탓이라는 말이 나와?"

"제발 좀 조용히 해. 지금 그게 중요한 게 아니잖아. 애가 이런데 아빠라는 사람이 그렇게 하고 싶어? 함께 마음을 합해 제발 일어나라고 빌어도 시원찮은데."

준영이 엄마가 울먹였다.

"당신 언제 한번 준영이를 따뜻하게 대해준 적 있어? 공부 못한다고 매일 윽박지르기나 했지."

준영이 손을 잡고 있는 준영이 엄마 손이 바르르 떨렸다.

"이번에도 그래. 준영이가 밤에 기침하고 기운 없어 할 때 내가 병원에 가라고 말하자 당신이 뭐라고 했어? 병원비도 아깝다고 했지. 아프려면 나가서 아프라고 했지? 기침 소리 듣기 싫다고 방문을 발로 차며 소리쳤어, 안 쳤어? 그런 말을 들으면 나도 오기가 생기고 자존심이 상해서 병원에 안 가겠다."

"학생 놈이 공부를 제대로 안 하니까 야단치는 건데 그게 잘못되었다는 거야? 내가 하고 싶다는 걸 안 시켜줬어? 달라는 돈을 안 줬어? 뭐가 부족해? 다른 집 아이들 좀 봐."

"준영이 잘못되면 나는 못 살아."

"그렇게 끔찍했으면서 왜 담배 피우는 거는 몰랐어? 담배 피우는 거 알아내서 말렸어야 하는 거 아니야?"

나는 준영이 엄마와 준영이 아빠 사이에서 샌드위치가 된 기분이 들었다. 나는 몸 둘 바를 몰라 하다가 먼저 중환자실에서 나와 휴게실로 갔다. 여전히 텔레비전은 켜져 있었다.

잠시 뒤 준영이 엄마가 휴게실로 왔다. 준영이 아빠는 보이지 않았다.

"밥 안 드셨죠?"

나는 조심스럽게 물었다. 준영이 엄마 얼굴을 보면 물어보나 마나였다.

"괜찮아."

"병원에 식당 있어요."

"괜찮아."

나는 매점에 가서 빵과 우유를 샀다. 택시비를 내고 남은 돈이었다.

"조금이라도 드세요."

나는 빵 봉지를 뜯어 준영이 엄마 손에 들려주었다. 준영이 엄마는 빵을 뜯어 입에 넣었다. 그리고 마르고 딱딱한 가죽을 먹는 것처럼 힘겹게 빵을 씹어 삼켰다.

나는 병원에서 나왔다. 나는 버스도 타지 않고 걸었다. 준영이는 이제 어떻게 되는 걸까? 준영이 아빠와 준영이 엄마 얼굴도 떠올랐다.

나는 걷고 또 걸어 암만동까지 왔다. 학교 앞을 지나 집으로 가는 길목으로 접어들었다. 그때 서라가 내 앞을 막아섰다. 쟤는 또 왜 나타나는 거야.

"어디 갔다 오냐?"

남이야. 나는 서라 말을 못 들은 척 하늘만 쳐다봤다.

"어디 가느라고 청소도 안 하고 도망쳤느냐고?"

"기운 없다, 응. 말 좀 시키지 말고 비켜라."

나는 짜증을 부리며 서라 정강이를 걷어찼다.

"미쳤나? 왜 때리고 지랄이야."

서라는 정강이를 움켜잡고 방방 뛰었다. 그러니까 나한테 참견 같은 거 하지 말고 좀 비키라고! 나는 주먹을 불끈 쥐어 보였다. 그런데, 그런데 갑자기 콧등이 시큰해지더니 눈물이 쏟아졌다. 서라는 당황스런 표정을 지었다. 나도 당황하기는 마찬가지였다. 왜 눈물이 나오는지 모르겠다. 그런데 눈물이 나오기 시작하자 의식 없는 준영이 모습이 떠오르고 마음의 준비를 하라던 의사 목소리가 귓가에 쟁쟁 울렸다. 나는 뒤돌아서 건물 벽을 짚고 울었다.

"흑흑흑."

울음소리도 나왔다.

얼마나 울었을까. 내 어깨를 치는 손길에 뒤돌아섰다. 서라였다.

"자."

서라가 불쑥 담배를 내밀었다.

"무슨 일인지 몰라도 담배를 피우면 마음이 진정되겠지."

나는 서라와 담배를 번갈아 바라봤다.

"받아."

"어디서 났냐? 너는 안 피운다며?"

나는 코를 들이마시며 눈물을 꿀꺽 삼킨 다음 물었다.

"당연히 안 피우지."

"그럼 어디서 났느냐고?"

"어디서 나긴. 샀지. 담배 달라니까 별 의심 없이 주더라."

나는 그때서야 교복이 아닌 평상복을 입고 있는 서라의 모습을 자세히 봤다. 긴 티셔츠에 펄럭거리는 치마를 입은 서라는 척 보면 아이 두 명 정도는 있는 아줌마 같았다.

담배에 불을 붙이고 한 번 깊게 빨아들이자 눈앞이 팽 돌았다. 그러나 그런 증상도 잠시, 마음속에 있던 모든 두려움과 슬픔이 서서히 몸 밖으로 빠져나가는 걸 느낄 수 있었다.

"나도 좀 피워 볼까? 멋져 보이는데."

서라가 말했다.

"피우지 마라."

"왜?"

"폐 버린다."

나는 담배 연기를 빨아들이며 말했다. 서라는 고맙게도 왜 우느냐고, 무슨 일이냐고 더는 묻지 않았다.

딱 걸렸다

　담임과 함께 병원으로 갔다. 준영이 엄마가 담임과 통화를 한 모양이었다. 오늘은 수업이 늦게 끝나는 날이라 면회 시간 안에 병원에 가기는 힘들 거 같아서 나중에 한번 들러나 봐야겠다고 마음먹고 있던 참이었다. 그런데 담임이 마지막 수업 한 시간은 담당 선생님에게 이야기를 해줄 테니 같이 병원에 가자고 했다.

　"참, 이런 일이 일어나다니."

　담임은 병원으로 가며 이 말을 몇 번이나 반복했다. 그러면서 세상이 꺼져라 한숨을 쉬었다. 생각하면 생각할수록 기가 찬 모양이었다.

　"성돈아. 잠깐만."

　병원 안으로 들어가기 직전 담임은 귀퉁이로 가서 담배를 피웠다. 연기를 깊게 들이마시고 길게 내뿜는 담임을 보며 담임 폐는 어떨까, 문득 그게 궁금해졌다.

"들어가자."

담임은 앞장서서 병원으로 들어갔다.

"준영이 담임입니다."

"선생님……."

중환자실 앞에서 담임과 준영이 엄마가 인사를 했다.

"준영이 상태는 좀 나아지고 있는 건가요?"

담임이 물었다.

"아직 의식이 돌아오지 않고 있어요."

준영이 엄마는 울었다. 거칠 대로 거칠어진 준영이 엄마의 뺨 위로 눈물이 흘렀다.

"희망을 잃지 마세요, 준영이 어머니."

담임은 침통한 표정으로 준영이 엄마를 위로했다.

그때 준영이 아빠가 왔는데 어제와는 달라진 얼굴이었다. 어제 까지만 해도 준영이 아빠 얼굴에는 온갖 짜증이란 짜증은 다 매달려 있었다. 눈빛에도 원망이란 원망은 모두 들어 있던 준영이 아빠였다. 그런데 담임에게 고개를 숙였다 드는 준영이 아빠의 얼굴에는 슬픔이 가득 차 있었다.

"어떻게 이런 일이 일어났는지 모르겠습니다."

준영이 아빠는 담임이 병원으로 오면서 했던 말과 똑같은 말을 했다. 준영이 아빠의 눈가가 촉촉해졌다.

준영이 아빠는 어젯밤 의사가 했던 말을 전했다. 앞으로 이삼일이 고비가 될 것이며 그 고비를 넘기기가 쉽지 않을 거라고.

"저는 어떻게 해야 좋을지 모르겠습니다."

준영이 아빠는 두 손으로 머리를 감싸며 괴로운 표정을 지었다.

"저는 지금껏 단 한 번도 준영이에게 따뜻한 말을 건넨 적이 없습니다. 이를 어쩌면 좋지요?"

준영이 아빠는 울먹였다.

담임이 준영이 아빠에게 뭐라고 하려는 순간 중환자실의 유리문이 열렸다.

준영이는 여전히 산소마스크를 쓰고 있었다. 환자복 상의는 벗은 상태였고 배고 가슴이고 뭔가를 잔뜩 붙여놓고 있었다. 준영이는 숨을 가쁘게 내쉬고 있었다. 이삼일 고비가 될 거라는 말은 그냥 하는 말이 아니었던 거다. 나는 순간 정신이 아득해졌다. 담임도 준영이 모습을 보고 충격을 받은 거 같았다.

"이놈아. 제발 정신 좀 차려봐라."

준영이 아빠가 준영이 손을 잡았다. 완전히 딴사람이 되어 있었다.

"네가 못 일어나면 아빠는 어떻게 하나?"

준영이 아빠는 울었다.

"아빠가 미안하다. 아빠한테 미안하다는 말은 들어야지, 어서 일어나."

준영이 아빠는 삼십 분 면회 시간 내내 미안하다는 말을 했다.

집으로 돌아와서 가만히 앉아 있을 수가 없었다. 거실로 방으로 그리고 놀이터로 마구 돌아다녔다.

"너, 미쳤니? 왜 이렇게 정신없게 해?"

누나가 화를 냈다.

"제발 나 좀 가만둬."

"미친놈."

잠도 오지 않았다. 깊은 밤, 잠이 오지 않는 것은 큰 고통이었다. 담배 연기 한 모금만 들이마시면 잠이 솔솔 올 거 같았다. 중환자실에 누워 있는 준영이를 보고도 이런 생각이 들다니.

신발장 위에 놓인 아빠 가방이 눈에 들어왔다. 나는 천천히 가방을 향해 다가갔다.

"컬럭컬럭."

그때 안방에서 아빠 기침 소리가 들렸다. 나는 얼른 뒤돌아섰다. 방으로 들어오다 안방을 바라봤다. 아빠 기침은 왜 멎지 않는 거지? 문득 이런 생각이 들었다.

아침 조회 시간이 지나도록 담임이 교실에 들어오지 않았다.

"오늘 우리 담임 결근인가?"

누군가가 물었다.

담임은 아침에 교문 앞에도 나타나지 않았다. 혼자 교문 앞에 덩그러니 서 있는데 교장 선생님이 오더니 왜 어깨띠를 하지 않느냐고 호통이었다. 나는 담임이 두르던 어깨띠를 두르고 피켓을 들고 '담배 연기 없는 건강한 학교'를 외쳤다.

"결근은 아닌 거 같아. 아까 잠깐 본 거 같거든."

또 누군가 말했다.

조회 시간에 나타나지 않았던 담임은 수학 시간이 되어서야 나타났다. 담임 얼굴은 말로 표현할 수 없을 정도로 어두웠다. 하긴 어제 준영이의 모습을 보고 아무렇지도 않을 수는 없겠지.

"준영이는 몸이 아파서 며칠 결석할 거다."

담임은 교실을 둘러보며 말했다.

"어디가 아파서 이렇게 오래 결석을 해요?"

민지가 궁금하지는 않은데 오래 결석을 했으니 물어보는 거라는 듯 덤덤한 목소리로 물었다.

"독감. 너희들도 독감 조심해라."

담임은 독감이라는 말을 할 때 한숨을 내쉬었다.

"그런데 선생님. 왜 조회 시간에 안 들어오셨어요?"

또 민지가 물었다. 역시 따지고자 하는 말이 아니라 우리도 이유는 알아야 하지 않겠느냐는 듯 차분한 말투였다.

"깊이 알려고 하지 마라. 휴우."

담임은 잘라 말하며 한숨을 내쉬었다.

"휴우."

담임의 한숨 소리에 나도 모르게 한숨을 쉬었다. 서라가 작은 눈을 갸름하니 뜨고 고개를 갸웃거렸다. 서라의 불룩 나온 입이 무슨 말인가 할 듯 말 듯했다.

"잠깐만 보자."

점심 급식을 먹고 나서 책상에 엎드려 있는데 서라가 내 팔을 잡아끌었다. 뿌리치려다 지난번에 담배를 사다 준 호의도 있고 해서 순순히 따라갔다. 서라는 나를 데리고 창고로 갔다. 얘가, 얘가 제정신이 아니군. 여기가 어디라고 온담. 여기에서 제대로 걸리면 그야말로 뼈도 못 추린다.

"너, 미쳤냐?"

바로 이 말이 나왔다.

"내가 왜 미치냐, 안 미쳤다."

"그런데 여기는 왜 와?"

"오면 어때? 담배만 안 피우면 되는 거지. 여기가 비밀 얘기를 하는 데는 최적의 장소인 거 같다. 자, 비밀을 말해봐라. 무슨 말인지 여기는 듣는 사람 없으니 속 시원히 해보라고."

서라가 나를 끌고 창고 안으로 들어갔다. 창고 안으로 들어서는 순간 나는 분명하게 맡을 수 있었다. 담배 냄새를 말이다. 아주 오래전 찌든 그런 담배 냄새가 아니었다. 생생하고 싱싱한 담배 냄새였다. 금연 학교 선포식에 금연 강의를 해도 누군가는 피우고 있다는 말이었다. 간 큰 놈들은 어디에고 존재한다.

서라가 창고 문을 꼭 닫았다.

"왜 문을 닫고 난리야?"

나는 소스라치게 놀라 물었다.

"그럼 열어놔? 왜 열어놔? 누가 보면 어쩌려고?"

서라가 물었다.

"누가 볼까 봐 열어놓으라는 거다. 오늘은 담배를 피울 것도 아니고, 특히 너랑 있는데 문을 닫는 것은 좀 그렇지."

좀 그런 게 아니라 많이 그럴 수도 있다.

"내가 왜?"

"몰라서 묻냐? 여자잖아. 야, 나가자, 너한테 말할 비밀도 없다."

나는 문 앞에 버티고 서 있는 서라를 밀쳤다.

"내가 여자인 게 뭐 어때서?"

"비키라니까."

"비밀 말해주면."

그런 거 없다고 서라 머리통이라도 휘갈기려는 순간이었다.

"이거."

서라가 손을 불쑥 내미는데 서라 손에 담배가 들려 있었다. 나는 이게 무슨 일인가 싶어 서라와 담배를 번갈아 바라봤다.

"피우면서 말해봐."

끈질긴 계집애. 하지만 나는 서라의 말을 무 자르듯 냉큼 자를 수가 없었다. 아니 담배를 뿌리칠 수가 없었다.

"너는 안 피운다면서?"

나는 슬그머니 담배를 받아 쥐었다. 서라는 친절하게 라이터까지 내밀었다.

"우리 학교 금연 학교인데."

나는 담배를 입에 물며 말했다.

"그래도 피우는 아이들은 다 피워. 우리 반에도 몇 명 있다."

서라가 말했다.

휴우.

담배 연기를 내뿜었다.

"이건 비밀이다."

"알아, 비밀인 거. 지킬게."

나는 서라에게 지금 준영이의 상황을 대충 이야기했다. 급성 폐렴인데 폐가 엉망으로 망가졌다고. 그래서 지금 위험한 상황이라고. 그리고 폐가 망가진 이유가 원래도 튼튼한 편이 아닌 준영이의 폐가 담배 때문에 그렇게 된 거라고.

"맙소사. 준영이는 체육 시간에도 뛰는 거 싫어했잖아. 힘들다고."

"그랬지. 그런데 준영이가 초등학교 때는 운동회 때마다 달리기 선수였었다."

"그래? 그런데 위험한 상황이라면 어떤 상황이야? 퇴원하려면 오래 걸린대? 치료 시간이 아주 많이 걸리는 거야?"

서라는 걱정스럽게 물었다.

"아니, 그것보다 더 위험한 상황…… 죽을 수도……."

말을 하는데 숨이 막혔다.

그때였다.

덜커덕!

문이 열리고 환한 빛이 창고 안으로 한꺼번에 쏟아져 들어왔다. 문 앞에 버티고 서서 눈을 부라리고 있는 사람은 교장 선생님이었다. 나는 너무 놀라 물고 있던 담배를 버리지도 못하고 그렇다고 빨지도 못하고 멍하니 교장 선생님을 바라봤다.

"아주 잘하는 짓들이다."

교장 선생님이 소리를 버럭 질렀다.

"너희 몇 학년이야? 가만, 너!"

교장 선생님이 나를 알아보는 눈치였다. 하긴 매일 아침 교문 앞에서 계속 피켓을 들고 있는데 모르면 더 이상했다.

"너, 우리 학교 금연 홍보대사가 학교 안에서 담배를 피워?"

교장 선생님 눈이 무섭도록 커졌다. 눈동자가 튀어나오면 어쩌나 걱정이 될 정도였다.

"그리고 너, 암만동 놀이터 살인사건에 연루되었었지. 죽은 사람 주머니에서 담배를 꺼냈었지. 기가 막히군, 기가 막혀. 그런 일을 하고도 담배를 피워? 너도 삼 학년 이 반이니?"

교장 선생님이 손가락을 빳빳하게 세워 서라를 가리켰다.

"예? 예."

서라는 잔뜩 겁먹은 눈으로 어쩔 줄 몰라 했다. 그러기에 왜 이런 위험한 장소로 끌고 오느냐고! 나는 서라에게 눈을 흘겼다.

"담뱃불 꺼!"

교장 선생님이 발을 굴렀다. 나는 놀라서 서둘러 담뱃불을 껐다.

"아주 담뱃불 끄는 솜씨도 보통이 아니군."

교장 선생님이 혀를 끌끌 찼다.

"담임은 금연 학교 선포식까지 한 마당에 교사 화장실에서 담배 피우다 들키고 학생이라는 놈들은 이러다 걸리고, 참 학교 잘 돌아간다."

교장 선생님은 한숨을 내쉬었다.

"교장 선생님."

서라가 슬그머니 손을 들었다.

"저는 아닌데요."

"뭐가 아니야?"

"담배요, 담배하고 상관없다고요."

"시끄러워!"

교장 선생님이 소리를 버럭 지르자 서라는 어깨를 움찔거리며 주춤거리고 물러섰다.

"너!"

교장 선생님이 서라를 가리켰다.

"당장 교무실에 가서 니네 선생님 좀 오라고 해라."

교장 선생님의 말이 떨어지기 무섭게 서라는 쪼르르 교무실로 달려갔다. 그리고 곧 담임과 함께 나타났다.

"한번 보시지요. 지금 여기에서 무슨 일이 벌어지고 있는지. 아주 담임과 학생들이 하는 짓이 똑같습니다, 똑같아요. 담임이 금연을 하겠다는 의지가 없는데 학생들이 오죽하겠어요. 금연 학교라고 홈페이지에도 크게 올리고 보건소에도 큰소리 빵빵 쳐놨고 교육지원청에는 우리 학교를 시범학교로 정해서 지원까지 해달라고 신청해놨는데 교사부터 학교 내 흡연에 앞장서고 있으니 이 사태를 어떻게 할 겁니까? 게다가 정 선생님은 금연에 대한 모든 행사를 도맡은 사람이 아닙니까?"

교장 선생님의 목소리가 얼마나 큰지 아이들이 하나둘 창고 앞으로 모여들었다. 그러더니 선생님들도 슬슬 모여들기 시작했다.

"교장 선생님. 잘 알겠습니다. 죄송합니다. 우리 아이들은 제가 잘 타일러서 다시는 이런 일이 없게 하겠습니다."

담임은 쪽팔린지 교장 선생님에게 연신 허리를 숙였다.

"아이들보다 정 선생님이 더 문제예욧!"

교장 선생님이 소리치자 모여 있던 아이들과 선생님들 속에서 키득키득 웃음이 터져 나왔다.

한참을 야단하던 교장 선생님은 오 교시 수업 시작종이 울리자 뒷짐을 지고 한숨 돌리는 듯했다. 이제 끝났나 보다 하는 순간이었다.

"여기 세 명이 우리 학교 대표로 시범을 보여야겠어요."

그러더니 이렇게 말했다.

"시범이라니요?"

담임이 물었다.

"어떤 대학교에 나흘간의 금연 학교가 있답니다. 아주 입소를 해서 먹고 자면서 금연 교육을 받는다고 하는데 여기 세 명! 거기에 입소하세요."

교장 선생님은 명령했다. 이건 또 무슨 소리람. 나는 당황해서 담임을 빤히 바라봤다.

"교, 교장 선생님. 저, 저, 저는 수업을 해야 하는데 수업은 어쩌고요?"

담임도 많이 당황했는지 말까지 더듬었다.

"금요일 오후에 입소해서 월요일 오후에 퇴소한다고 하니 월요일 하루만 빠지면 되는 거 아닙니까? 내가 수학 선생 출신이에요, 알고 계시죠? 정 선생님 수업 시간은 내가 알아서 잘 처리할 테니 이번 금요일, 이 두 명을 데리고 금연 학교에 입소하세요. 그리고 세 명 모두 금연 학교에 입소하는 그 순간부터 하루도 빼먹지 말고 일기를 써서 나중에 우리 학교 아이들에게 모두 공유하도록 하세요."

걸려도 제대로 걸렸다. 나는 머릿속이 하얘졌다.

"그, 그, 그런 곳은 비쌀 텐데 아, 아, 아이들 부모님과 미리 상의하지 않아도 될까요? 교장 선생님께서도 단독으로 결정하실 문제가⋯⋯."

"정 선생님!"

"예? 아 예, 예."

"내가 알아서 한다고 하지 않습니까? 아이들 부모님이 돈을 못대겠다고 하면 내가 댈 테니 정 선생님 몫이나 걱정하세요. 아니면 세 명이 확실하게 금연에 성공하고 나와서 전국 중학교를 돌며 자신의 경험담을 강의하겠다고 서약하고 입소하면 내가 지원금을 받도록 해보지요."

전국의 중학교를 돌며? 금연 학교에 다녀오는 것도 모자라 잘못하다가는 전국 일주를 하며 '나는 담배를 이렇게 끊었소이다' 이러고 다니게 생겼다. 이건 학생이 할 노릇은 아니다.

"지원받는 게 그렇게 쉬운 일이 아닐 텐데요. 요즘 지원금 받아내기가 하늘에서 별 따기인데."

담임은 어떻게 해서든지 빠져나가려고 안간힘을 썼다.

"정 선생님! 내가 알아서 한다고 하지 않습니까?"

"아, 예. 알아서 하신다니 제가 뭘 어쩌겠습니까."

담임이 꼬리를 내렸다.

"하라는 대로 할 수밖에요."

담임은 내린 꼬리를 엉덩이 밑으로 깊숙이 감췄다.

"교장 선생님."

서라가 조용히 손을 들었다.

"왜?"

"저는, 저는 아니라니까요."

"뭐가?"

"담배요. 저는 담배를 피우지 않았어요. 아니, 담배를 피울 줄도
몰라요."

서라는 금방이라도 울음을 터뜨릴 거 같았다.

"아니면 왜 여기에 이 아이와 함께 있었지? 담배를 피우니까
함께 있었을 거 아니야. 아니면 너희 둘이 연애질 하냐?"

교장 선생님이 나와 서라를 번갈아 바라봤다. 연애질이라는 말
을 듣는 순간 나는 목덜미가 후끈 달아오르는 걸 느꼈다. 아, 저렇
게 듣기만 해도 창피한 말이 있구나.

"예? 그, 그게 아니라 제가 담배를 주려고."

서라는 어떻게 해서든지 변명을 하려고 했다.

"담배를 주려고? 담배를 갖고 있다는 것은 피운다는 증거잖아?"

"예?"

서라는 더 말해봤자 소용없다는 것을 깨달았는지 조용히 손을
내렸다.

교장 선생님은 찬바람을 일으키며 돌아섰다.

"오늘 오후에 준영이 문제를 보고해야 하는데 큰일이네."

담임이 멍하니 교장 선생님 뒷모습을 바라보며 중얼거렸다.

"교장 선생님한테 말하려고요? 비밀 아니었어요?"

나는 서라를 힐끗 보며 담임에게 물었다. 비밀이라는 말을 하는데 양심이 찔렸다.

"장기 결석으로 갈 거고 또 무슨 일이 일어날지도 모르는데 교장 선생님한테는 보고해야 하는 거야. 그건 그렇고 준영이나 괜찮아졌으면 소원이 없겠다."

담임은 한숨을 쉬었다.

"선생님. 저는 진짜 담배 안 피운다고요. 선생님이 교장 선생님께 말씀 좀 해주세요."

서라는 억울해서 견딜 수가 없다는 듯 가슴을 퍽퍽 쳤다.

이런 말 하고 싶지는 않은데
병원 좀 가시지요

금연 학교에 가 있는 동안 준영이에게 무슨 일이 생기면 어쩌나 걱정이었다. 그런데 다행스럽게도 준영이는 고비라던 이삼일을 잘 견뎠다. 하지만 아직 안심할 단계는 아니라고 했다. 중환자실에서 나와야 어느 정도 안심할 수 있다고 했다. 중환자실에서 오래 있는 사람은 보통 이 주일이라고 했다. 그 이 주일 동안 누군가는 일반 병실로 가고 또 누군가는 세상과 작별을 하는 것이다.

'준영아. 잘 견뎌내라.'

나는 시시때때로 간절하게 기도했다.

준영이 엄마도 점점 환자처럼 변해갔다. 중환자실에 있는 준영이를 직접 돌보는 것은 아니지만 가슴 졸이며 병원에서 지내는 것은 쉬운 일이 아닌 듯했다. 준영이 아빠의 모습도 눈에 띄게 수

척해졌다. 처음 만나던 날 준영이 아빠 얼굴에 가득 차 있던 원망과 미움과 짜증의 빛은 전혀 찾아볼 수 없었다.

금연 학교에 갈 날은 다가왔는데 나는 엄마에게 차마 그 말을 할 수가 없었다. 더욱이 공짜도 아니고 돈이 들어가는 금연 학교! 아무리 교장 선생님이 알아서 한다고 했다 하더라도 혹은 안 될 경우 교장 선생님 말처럼 금연에 성공해서 전국에 학교를 돌며 금연 홍보를 해도 되겠지만 어찌 되었든 이러이러한 금연 학교에 나흘간 입소한다는 말은 해야 했다.

공부하라고 학교 보내놨더니 얼토당토않게 금연 학교라니. 내가 엄마라도 그런 말을 들으면 기가 막힐 거 같았다.

나는 도저히 입이 떨어지지 않아 담임에게 대신 말 좀 해달라고 했다.

"너 대신 내가 욕을 얻어먹으라는 얘기냐?"

담임은 내 머리를 쥐어박았다.

"설마 제가 담배 피웠다는데 선생님 욕을 하겠어요? 그리고 놀이터 살인사건으로 제가 담배 피운다는 거 엄마도 알아요. 물론 지금은 끊은 걸로 생각하고 계시지만요."

"싫다. 네 일은 네가 알아서 해라."

"해주세요."

"야, 이 새끼야. 나는 내 앞에 닥친 일도 산더미다."

"그럼 좋아요. 저는 금연 학교에 가지 않겠습니다. 설마 금연 학교 안 갔다고 교장 선생님이 저를 잡아먹기야 하겠어요?"

"너, 그걸 말이라고 하냐? 아, 진짜 미치겠네."

담임은 어쩔 수 없이 엄마에게 전화를 했다.

"성돈이 어머니. 별일 없으시죠? 아, 예. 저도 잘 지내고 있지요. 아닙니다. 성돈이가 무슨 사고를 쳐서 전화 드린 게 아니고요. 사실은 저와 성돈이가 이번 금요일에 금연 학교에 입소하게 되었습니다. 아아, 아닙니다. 성돈이가 지난번 그 주머니 담배 사건 이후에 우리 학교 금연 홍보대사가 되었습니다. 우리 학교는 금연 학교가 되었고요. 제가 우리 학교 금연 교육을 모두 책임지게 되었는데 그 문제 때문에 금연 학교에 들어가서 체계적으로 교육하는 방법 좀 배워오려고요. 성돈이가 금연 홍보대사이기도 하고 그래서 데려가고 싶은데 허락해주시겠습니까?"

나는 담임이 전화하는 옆에서 입을 떡 벌리고 다물지 못했다. 담임의 새로운 모습이었다. 기름기가 줄줄 흘러 누구도 속아 넘어가지 않고는 못 배길 정도의 세련된 거짓말, 담임은 사기꾼 기질이 다분했다.

"예, 예. 성돈이 어머니, 감사합니다."

담임은 전화를 끊었다.

담임은 금연 학교에 전화해서 준비물이 무엇인지 꼼꼼하게 물었다.

"갈아입을 빤스하고 옷 한 벌 정도, 그리고 트레이닝복을 준비

하란다. 세면도구하고. 아, 담배는 절대 갖고 오면 안 된다고 하니 명심해라. 그리고 일기장 빼먹지 말고. 참, 나 원. 몇십 년 만에 일기 쓰게 생겼네."

학교를 마치고 집에 돌아갔을 때 아빠가 집에 있었다. 오늘은 저녁에 일을 나가는 모양이었다.

"콜록콜록."

아빠는 주방에서 라면을 끓이며 계속 기침을 했다. 기침도 그냥 기침이 아니었다. 허리를 숙이고 온몸으로 하는 힘든 기침이었다.

"콜록 코올록 콜록"

아빠가 기침을 하다 들고 있던 젓가락을 떨어뜨렸다.

"병원 좀 가요."

나도 모르게 한마디 했다. 젓가락을 집던 아빠가 고개를 돌렸다. 얼마나 기침을 해댔는지 얼굴이 벌겠다. 눈에도 눈물이 글썽거렸다.

"뭐?"

아빠가 퉁명스럽게 물었다.

"이런 말 하고 싶지는 않은데 병원 좀 가시라고요."

나도 덩달아 퉁명스럽게 받아쳤다.

"이깟 기침에 무슨 병원을 가냐? 돈도 많다. 야, 새끼야. 담배를 오래 피우다 보면 기침이나 가래 정도는 친구처럼 따라다니는

거야. 그러니까 너는 담배 피우지 마, 알았어? 너, 지금은 담배 안
피우지?"

아빠는 라면 냄비를 쟁반에 옮긴 다음 주방 바닥에 철퍼덕 앉
았다.

"후루룩후루룩."

아빠가 라면발을 끌어당겼다. 라면발 당기는 소리 뒤로 기침
소리가 따라왔다. 아빠는 기침 때문에 라면을 제대로 씹지를 못
했다. 돌아서는데 두려움과 공포가 밀려왔다. 준영이가 중환자실
에 들어가던 날 느꼈던 그 기분과 비슷했다. 나는 몇 걸음 내딛다
뒤돌아봤다. 뒷머리가 덥수룩한 아빠의 구부정한 어깨가 눈에 들
어왔다.

만약 아빠가 준영이처럼 아프게 된다면? 그 생각을 하자 온몸
에 소름이 돋았다. 아빠가 미울 때면 수시로 아빠가 죽었으면 좋
겠다는 생각을 했었다. 아빠 없는 세상을 사는 것이 훨씬 더 아름
답고 행복할 거라고 시시때때로 생각했었다. 하지만 준영이를 보
면서 죽음이란 우리에게서 그리 멀리 있는 것이 아니라 어느 날
갑자기 찾아올 수 있다는 걸 알았다. 아빠가 하루아침에 중환자
실로 가게 된다면, 그래서 준영이처럼 의식을 잃고 만다면, 의사
로부터 마음의 준비를 하라는 말을 듣게 된다면, 나는 어떨까? 어
쩌면 준영이 아빠처럼 후회할지 모른다.

내 눈길을 느꼈는지 아빠가 뒤돌아봤다.

"왜?"

아빠가 물었다. 누가 라면이라도 뺏어 먹는다고 했나, 퉁명스럽다 못해 심술이 가득 들어간 목소리였다.

"병원 좀 가보라고요."

"아, 진짜 저 새끼 오늘 이상하네."

아빠는 왜 자꾸 안 하던 말을 하느냐고, 재수 없게 계속 병원 얘기냐고, 잔소리를 늘어놨다.

나는 아빠 잔소리가 듣기 싫어 밖으로 나왔다. 병원에 한번 가보는 게 무슨 큰일이라고 저 난리람.

엘리베이터에서 내리는데 누나를 만났다.

"너 또 뭔 짓 하러 가려고 어슬렁거리고 나가냐?"

하여간 말하는 거 하고는. 도대체가 미워하지 않으려고 해도 미워하지 않을 수가 없다. 아주 그냥 자기를 제발 좀 미워해 달라고 사정하고 있다.

"공연히 죽은 사람 옷에서 담배 꺼내는 짓 하지 말고 그 어린이 집인지 어딘지 가서 택시비나 받아와라. 아침에 아빠가 하는 말 들으니까 아직 못 받았나 봐. 뭐 그런 인간들이 다 있나 몰라. 택시비를 떼먹으려고 하다니. 밤에 잠도 못 자고 일해서 버는 돈인데 그걸 떼먹고 싶을까. 택시비 받으면 오는 길에 붕어빵 좀 사와라. 어제부터 붕어빵이 먹고 싶어 죽겠다."

참 세상 오래 살고 볼 일이다. 사람이 죽을 때가 되면 마음이 변한다고 하던데 설마 누나가 죽는 것은 아니겠지. 길바닥에서 파는 음식 보기를 세균 덩어리 보듯 하는 고급스러운 누나가 붕어빵이 먹고 싶다니. 그것도 먹고 싶어서 죽겠다니. 거기에다 밤새 일해서 번 돈이라고 아빠를 생각하는 발언까지 하다니.

"돈이 없으니까 먹고 싶은 것도 많다. 에이, 나도 애들 과외를 하든지 해야지."

어이구야! 과외를 한다는 말도 다 하고.

누나는 투덜거리며 엘리베이터를 탔다.

나는 놀이터 그네에 앉아 생각했다. 누나 말대로 택시비를 받으러 갈까? 에이, 아무리 그래도 그거는 좀 모양이 빠지는 짓이다. 쪽팔린다.

'만약 아빠가 갑자기 아프면……'

또 그 생각이 났다. 그런 일이 생긴다면 택시비를 받다가 아빠에게 주지 못한 것을 영원히 후회할 거 같았다. 나는 벌떡 일어났다.

다사랑 어린이집 앞에는 노란 승합차가 서 있고 아이들이 줄을 서서 차에 올라타고 있었다. 앞치마를 한 여자 두 명이 아이들이 차에 타는 걸 도와주고 있었다. 어린이집 선생이 분명했다.

'누군지 이름을 모르니 어떻게 하지?'

나는 곰곰이 생각하다 어린이집 안으로 들어가 무작정 사무실로 갔다. 얼마나 뚱뚱한지 몸의 가로세로 길이가 거의 비슷한 여자가 책상 앞에 서서 전화를 받고 있었다. 나는 소파에 앉아 여자가 전화를 끊기를 기다렸다.

"누구 데리러 온 거니?"

전화를 끊은 여자가 물었다.

"아니요."

"그럼 왜? 혹시 중국집에서 온 건가? 짜장면 값 밀린 거 없는데."

"아니요, 택시비 받으러 왔는데요."

"택시비?"

여자가 이맛살을 잔뜩 찡그렸다.

"이 어린이집에서 근무하는 교사가 택시를 타고 와서 택시비를 안 냈거든요. 준다고 말만 하고 안 줘서 직접 받으러 왔어요."

여자는 허리에 손을 올리고 문으로 걸어 나갔다. 얼굴에는 아주 불쾌하다는 표가 역력했다.

"다롱반 선생님!"

여자가 앞치마를 입고 들어오는 젊은 여자에게 소리를 질렀다.

"예, 원장님."

톰과 제리 캐릭터 앞치마를 입은 여자가 대답했다.

"아직 택시비 안 준 거야? 여기로 전화 오고 그랬던 일 아니야? 그때가 언제인데 아직 안 줬어? 직접 받으러 왔으니까 이리 들어와 봐."

가로세로 길이가 비슷한 여자는 신경질적으로 말했다. 그러자 톰과 제리 앞치마를 한 여자가 얼굴이 벌게져서 사무실로 들어왔다.

"입금하려고 했는데 계좌번호를 잃어버려서."

톰과 제리 앞치마를 입은 여자가 핑계를 댔다.

"어서 해결해. 그런 일로 어린이집까지 찾아오게 만들면 어떻게 해?"

가로세로가 비슷한 여자가 사무실에서 나가며 말했다.

"참, 나 원. 누가 그깟 돈 떼어먹는데? 왜 여기까지 쫓아오고 지랄이야."

톰과 제리 앞치마를 입은 여자가 혼잣말처럼 투덜거렸다. 작은 목소리였지만 또렷하게 들렸다.

"안 주고 지랄을 하니까 찾아오고 지랄을 하지요."

나는 또박또박 말했다.

"뭐?"

여자 얼굴이 벌게졌다.

"왜 줄 돈을 안 주고 지랄하느냐고요. 할 일 없어서 아줌마를 태우고 여기까지 데려다준 줄 알아요?"

"아, 아줌마?"

"아줌마. 남의 돈 떼어먹는 것은 엄연히 절도예요. 도둑질이라고요. 떼먹을 게 없어 택시비를 떼어먹어요? 지구대에 신고할까 하다가 생각해서 찾아왔더니."

나는 여자 눈을 뚫어져라 바라봤다. 나는 말을 하면서 내 스스로에게 놀라고 있었다. 걱정했던 것과는 달리 부끄럽거나 창피하다는 생각은 전혀 들지 않았다.

"안 떼어먹는다고 했잖아? 속고만 살았나?"

여자가 소리를 빽 질렀다. 그러다 놀랐는지 얼른 밖의 눈치를 살폈다.

"그러니까 빨리 달라고요."

나도 질세라 소리쳤다. 여자는 지갑을 갖고 오더니 만이천오백 원을 꺼내 탁자 위에 던졌다. 그 순간 왜 고개 숙인 아빠의 모습이 머릿속에 떠오르는지 알 수 없었다.

"지금 뭐하시는 거예요? 당당히 받을 돈 받으러 왔는데 내가 거지예요?"

나는 여자를 무섭게 쏘아보았다. 주먹이 저절로 쥐어졌다.

"조용히 해. 왜 소리를 지르고 지랄이야."

여자는 밖의 눈치를 보더니 얼른 탁자 위의 돈을 주워 내밀었다.

"앞으로는 택시비 같은 거 바로바로 주고 다니세요."

나는 사무실에서 나오며 한마디 했다.

집으로 돌아오는 길에 붕어빵 천 원어치를 샀다. 세 마리였다.

아빠는 일을 나가고 없었다. 나는 누나 방문을 열고 붕어빵 봉투를 던져주었다.

"택시비 받았냐?"

누나가 방에서 공처럼 튀어나왔다.

"나 오천 원만 줘."

누나는 내 주머니를 뒤지려고 했다. 내가 미쳤지. 왜 붕어빵을 사왔는지 후회가 밀려들었다. 나는 굶주린 하이에나처럼 두 눈을 번득이며 달려드는 누나 손을 뿌리쳤다.

"택시비를 받기는 누가 받아? 붕어빵 먹고 싶어서 죽겠다고 그래서 불쌍해서 내 돈으로 사온 거다. 거지야."

"좀 받아오라니까."

누나는 아쉬운 듯 혀까지 차더니 방문을 쾅 닫고 들어갔다. 방문에 귀를 대봤더니 쩝쩝거리는 소리가 들렸다.

나는 택시비를 안방 화장대 위에 올려놓으려다가 그만두었다. 누나가 안방에라도 들어간다면 가져갈 게 빤하기 때문이다.

밤에 아빠가 밥을 먹으러 들어왔다. 아빠는 냉장고를 뒤져 반찬통을 꺼내고 밥을 펐다. 김치와 멸치를 놓고 찬밥을 먹는 아빠의 뒷모습이 처량해 보이기까지 했다. 아빠는 밥 한 공기도 기침을 하느라고 제대로 먹지 못했다.

나는 아빠에게 다가가 택시비를 내밀었다.

"이게 뭐냐?"

아빠가 돈을 빤히 바라보며 물었다.

"어린이집에 가서 택시비 받아 왔어요. 천 원은 누나가 붕어빵 먹고 싶어서 죽겠다고 그래서 붕어빵 사다 주고요, 만천오백 원이에요."

"택시비를 받아왔다고? 네가?"

"예."

"순순히 주던?"

순순히 줄 사람 같았으면 그렇게 애를 먹이지 않고 바로 주었겠지.

"아니요. 돈 받으러 오고 지랄이냐며 성질을 부리고 주던데요."

"저, 저런, 그걸 그냥 가만두었냐? 너도 욕을 해주지 그랬냐? 콜록콜록."

흥분을 해서인지 기침 소리가 더 요란했다.

"저도 욕 해주었어요."

"잘했다, 아주 잘했어. 콜록콜록."

기침을 하는 바람에 아빠 입에서 씹던 밥풀이 튀어나왔다. 아빠는 식탁 위에 떨어진 밥풀을 도로 주워 먹으며 웃어 보였다. 아빠가 나에게 잘했다고 말한 것도 웃어 보인 것도 참 오랜만이었다.

"병원에 가보세요."

나는 주방에서 나오며 말했다.

"그렇지 않아도 기침이 너무 심해서 내일 오전에 요 앞에 있는 내과에 가보려고 한다."

아까까지만 해도 돈이 아깝다느니, 담배 피우는 사람에게 기침은 친구라느니 말하던 아빠가 이렇게 대꾸했다.

다음 날 학교를 마치자마자 나는 준영이 병원으로 갔다. 내일이면 금연 학교에 가야 해서 삼사일 정도는 준영이를 볼 수가 없다.

준영이는 여전히 중환자실에 있었지만 산소마스크는 뗀 상태였다. 눈도 뜨고 있었다. 나를 알아보는 것 같기도 하고 아닌 것 같기도 했다.

"준영아. 네 친구야. 알아보겠니?"

준영이 아빠가 준영이 손을 잡고 물었다. 준영이가 천천히 고개를 끄덕였다.

준영이는 말을 하지는 못했지만 듣고 표정으로 자신의 감정을 전달할 수 있을 정도는 되었다.

"간호사 선생님."

준영이 아빠가 간호사에게 볼일이 있는지 간호사에게 다가갔다. 준영이 엄마도 준영이 아빠를 따라갔다.

"준영아. 나 내일 어디 가는 줄 아냐? 금연 학교 간다."

나는 아무도 없는 틈에 재빨리 말했다.

"금연 학교가 뭔지 아냐? 우리 학교에서 하는 그런 금연 학교 말고 진짜 담배를 끊으려고 마음먹은 사람들이 며칠 동안 합숙을 하는 곳이란다. 나도 이참에 담배 끊으려고."

준영이가 천천히 고개를 끄덕였다.

"그런데 누구랑 같이 가는 줄 아냐? 담임하고 박서라랑 같이 간다."

준영이가 놀라는 표정을 지었다.

"박서라랑 창고에 갔다가 교장 선생님한테 제대로 걸렸거든. 서라는 담배를 안 피우는데 억울하기는 하겠지. 담임은 학교 안에서 담배를 피우면 안 되는데 교사 화장실에서 피우다가 교장 선생님한테 걸렸나 봐. 거기에다 나와 서라까지 창고에서 걸리는 바람에 같이 금연 학교에 가게 된 거지."

준영이 입가에 웃음이 번졌다.

"나도 담배 꼭 끊고 올 테니까 너도 이번에 병원에서 나가면 절대 피우지 마라."

내 말에 준영이 입가에 또 웃음이 번졌다.

"준영아. 이삼일만 잘 견디면 일반 병실로 내려갈 수 있단다. 힘내서 잘 견디자."

간호사와 말을 마친 준영이 아빠와 준영이 엄마가 활짝 웃으며 다가왔다.

진짜 금연 학교에 가다

　멀쩡하던 하늘이 수업을 마칠 때가 되자 갑자기 시커멓게 변하더니 비가 쏟아지기 시작했다. 장마철 비 저리 가라였다.

　한 치 앞도 분간할 수 없는 폭우였다. 그 쏟아지는 빗속을 뚫고 교문 앞에 선 담임과 서라 그리고 내 모습은 그야말로 눈물 나게 불쌍해 보였다. 무슨 짐은 그렇게 많이도 싸왔는지 담임은 분명 갈아입을 빤스와 옷 한 벌 정도에 트레이닝복만 가져가면 된다고 했는데 짊어진 가방 외에도 약속이나 한 듯 종이가방 하나씩을 들고 있었다.

　비에 젖은 종이가방은 금방이라도 찢어질 듯 위태로웠고 우리 셋의 얼굴에는 앞으로 낯선 곳에서 닥칠 일에 대한 불안과 초조가 가득했다.

"아, 오늘따라 자동차까지 고장이 나고 난리야. 이건 분명 뭔가 좋지 않은 일이 일어날 거라는 조짐이지. 일단 택시 잡자."

담임이 도로 쪽으로 달렸다. 인터넷으로 검색해서 위치를 파악한 금연 학교가 있는 대학교는 멀어도 엄청 먼 곳이었다. 택시비가 적어도 몇만 원은 나올 텐데. 하지만 담임이 택시비를 낼 거면 비가 쏟아지는데 굳이 지하철에 버스를 타고 갈 필요는 없지만 말이다.

"진짜, 나는 왜 생고생을 하는지 모르겠네."

우산을 썼으나 우산을 썼다고 말할 수도 없는 상황이었다. 벌써 옷이고 운동화고 흠뻑 젖었다. 서라는 뒤에서 따라오며 징징거렸다.

"기사님. 담배 좀 피워도 됩니까?"

택시에 타자마자 담임이 물었다.

"저희 택시는 금연 택시입니다."

택시 기사가 웃으면서 말했다.

담임이 꺼내려던 담배를 도로 주머니에 넣었다.

"허허허허허. 담배가 엄청스레 태우고 싶으신 모양입니다. 어쩝니까? 금연 택시라서."

택시 기사가 굳이 하지 않아도 될 말을 했다. 꼭 사람 약 올리는 것같이 말이다.

"그런데 기사님. 금연 택시에서 왜 담배 냄새가 솔솔 납니까?"

담임이 인상을 쓰며 물었다.

"허허허허. 무슨 그런 말씀을. 저는 손님들께 절대 차 안에서 흡연을 하지 말아 달라고 양해를 구합니다. 저도 담배 끊은 지 십 년도 훌쩍 넘었고요. 제가 담배 때문에 죽다 살아난 사람입니다. 담배를 피우는 것은 자살하는 행위입니다."

그냥 절대 피우면 안 됩니다, 이러고 끝나면 좋을 것을 택시 기사는 길게도 말했다. 택시 기사의 금연 연설은 금연 학교에 도착할 때까지 장장 한 시간 삼십 분이 넘도록 계속되었다. 오늘따라 비가 내려 그런지 차도 엄청스레 막혔다.

"너희들은 만 원씩 내라. 나머지 조금 부족한 거는 내가 더 내지."

택시비를 내면서 담임이 말했다.

"예에? 그런 법이 어디 있어요?"

택시는 담임이 타자고 했었다. 원래 뭐를 먹든 타든 먼저 하자고 한 사람이 비용을 책임져야 하는 거다.

"왜 그렇게 놀라? 그럼 나 혼자 다 내라는 법은 있니? 우리는 똑같이 금연 학교에 입소하는 학생들이야. 나는 선생이 아니라고. 일단 내가 낼 테니 내려서 줘라."

담임은 택시비를 내고 거칠게 문을 닫았다. 그러고는 우산이고 뭐고 팽개치고 저만큼 구석으로 달려가더니 담배를 피웠다.

"진짜 걱정이다."

서라가 고개를 절레절레 저었다.

"끝내주는 중독이다."

담임은 연거푸 네 대를 피웠다. 그렇게 담임의 담뱃갑은 빈 갑이 되었다.

"어차피 담배를 갖고 들어가면 안 되거든."

담임은 줄담배를 피울 수밖에 없는 핑계를 댔다.

학교에 들어서자 학교 안내도가 있었다. 하지만 아무리 봐도 금연 학교 안내는 없었다. 그렇다고 넓고 넓은 이곳에서 금연 학교를 무작정 찾아 나설 수도 없었다. 비가 쏟아져서 그런지 지나가는 학생들도 없었다. 얼마를 기다린 끝에 겨우 지나가는 학생을 잡았다.

"금연 학교에 가려면 어디로 가면 되지요?"

"금연 학교요? 여기에 없는데요."

이건 또 무슨 말이람. 분명 이 대학교에 있다고 했는데.

"그게 무슨 말이에요?"

담임은 그 학생에게 따지듯 물었다.

"원래 이 캠퍼스 내에 있었는데 금연 학교가 합숙으로 바뀌면서 생활관 있는 곳으로 옮겼어요."

"생활관이요?"

"예, 학교 기숙사요. 여기서 자동차로 십 분 정도 가야 해요."

대학생이 말하는 순간 그야말로 폭포가 쏟아지듯 비가 퍼붓기 시작했다.

"아, 씨발."

담임이 들릴 듯 말 듯 욕을 했다. 지금 이 상황이 기가 탁 막힐 정도로 짜증나기는 하지만, 그래서 욕이 저절로 튀어나올 수 있는 그런 상황이 맞기는 하지만 그래도 그렇지. 제자들이 있는 앞에서 씨발이라니. 아니 뭐, 우리야 원래 담임이 그런 사람이다, 이러고 이해하고 넘어가면 그만이지만 길을 알려주던 대학생은 무슨 죄냐고. 자기한테 욕하는 거라고 오해할 수도 있잖아.

"니네들도 택시비 더 내."

누가 택시비를 못 내겠다고 오리발을 내민 것도 아닌데 담임은 택시를 잡으며 나와 서라에게 고래고래 소리를 지르며 화풀이를 해댔다.

우여곡절 끝에 드디어 금연 학교에 도착하기는 했다. 뭔가 사람 잡는 분위기일 거라고 상상했던 것과는 달리 대학교 생활관 건물과 따로 분리되어 있는 이 층짜리 금연 학교 건물은 아담하고 깨끗했다. 내부도 그야말로 최고급 호텔 저리 가라로 고급스러웠다. 물론 최고급 호텔 안에 들어가 본 적은 없지만 말이다.

우리 세 명 외에도 다섯 명이 합숙을 하기 위해 들어와 있었다. 오십대로 보이는 남자 둘과 고등학생으로 보이는 학생 한 명, 서른 중반이나 마흔 초반으로 보이는 남자가 한 명, 그리고 역시 삼십대로 보이는 여자 한 명이었다.

"모두들 오시느라고 고생하셨습니다. 여러분의 입소를 축하합니다.”

대체 뭘 축하한다는 건지 모르겠지만 금연 강사로 보이는 남자가 손뼉을 짝짝짝 세 번 치면서 웃었다.

“대체 뭘 축하한다는 말입니까?”

오십대로 보이는 남자 중에 짧은 머리를 보글보글도 아닌 뽀글뽀글 볶은 남자가 아주 언짢은 표정을 지으며 물었다.

“아빠.”

그러자 고등학생이 그 남자의 옆구리를 쿡 찔렀다. 아빠라니, 그럼 부자가 함께 금연 학교에 왔다는 말이다.

“저희 아빠가 지금 마지막 담배를 피운 지 한 시간이 넘었거든요. 슬슬 금단현상이 나타나는 중이에요.”

“야, 유준상! 금단현상은 무슨 금단현상? 지금 축하한다는 말이 어울리지 않으니 묻는 말이지.”

머리 볶은 남자는 당장이라도 유준상이라는 아들을 한 대 칠 기세였다.

“아아아, 죄송합니다. 제가 잘못 말했습니다. 여러분의 입소를 환영합니다. 지금부터 여러분은 삼 박 사 일 동안 이곳에서 여러분 스스로와 전쟁을 하게 됩니다.”

금연 강사가 급하게 말을 돌렸다. 환영도 썩 마음에 들지는 않지만 그래도 축하보다는 나았다.

“말은 바로 합시다. 담배와의 전쟁이지 뭐가 스스로와 전쟁입니까? 그렇게 말하니 꼭 우리가 문제가 있는 사람들로 보이지 않습니까?"

머리 볶은 남자가 또 나섰다.

"담배와는 절대 전쟁을 벌이지 않을 겁니다. 담배는 우리의 적도 아니고 물리쳐야 할 대상도 아닙니다."

"그럼 우리의 적은 우리라는 말입니까?"

"예, 분명 그렇습니다."

"아이고 어려워라, 대체 뭔 말이야?"

이건 뭐 철학을 가르치는 것도 아니고 들으면 들을수록 이해할 수 없는 말이었다. 우리 학교에서 금연 선포식을 할 때 퍼포먼스로 담배를 만들어 중간을 싹둑 자르는 것을 했었다. 그것은 곧 담배는 적이라는 말과 같다. 그리고 우리가 금연 학교에 온 것도 결국은 담배를 물리치고 승리하기 위해 온 거 아닌가. 나하고 싸우려면 집에서 하지 뭐하러 이 멀리까지 온 것이며 그것도 돈까지 들여가며 한다는 말인가.

"그런데 참 세상 좋아졌습니다. 아빠와 아들, 부자가 나란히 담배를 끊겠다고 금연 학교에 입소한 거를 보면 말입니다."

잠자코 있던 담임이 한마디 했다.

"저기 보면 삼 박 사 일 동안 어떻게 생활해야 하는지 적혀 있습니다. 기상 시간과 식사 시간 그리고 취침 시간을 정확히 지켜 주시기 바랍니다. 특히 명상의 시간에 절대 빠지면 안 됩니다. 아,

그리고 가끔 반찬 투정을 하시는 분들이 계신데 이곳의 식단은 아기의 식단과 같다고 보시면 됩니다. 맵고 짜고 자극적인 음식은 담배 생각을 간절하게 만들기 때문이지요."

여러 가지 주의사항을 말해준 금연 강사는 각자 머물 방을 알려주었다. 나는 담임과 같은 방을 쓰게 되었고 서라는 삼십대로 보이는 여자와 함께 지내게 되었다.

방에 들어가 짐을 풀고 트레이닝복으로 갈아입고 넓은 거실에 다시 모여 일단 자기소개를 했다. 자기소개라고 해서 거창하지는 않았다. 다들 금단현상에 시달리는지 짜증이 가득한 목소리로 이름 정도 말했고 이번에는 꼭 금연에 성공하고 싶다는 말 정도였다. 소개가 끝나고 저녁을 먹기 전 동영상 시청이 있었다.

"우리가 수도 없이 보아온 동영상일 겁니다. 처음 볼 때는 무서웠으나 자꾸 보다 보니 이제는 면역이 생겨서 옛 친구를 보듯 자연스럽게 대하게 되는 동영상이지요. 그러나 금연 학교에 들어온 이상 한 번은 봐주어야 하는 동영상입니다."

길고 긴 설명 끝에 금연 강사가 켠 동영상은 '흡연으로 인해 망치는 당신의 몸'이라는 제목의 동영상이었는데 학교에서 본 동영상과 크게 다르지 않았다. 죽어가는 폐와 까맣게 변해가는 피부, 그리고 막히는 혈관과 제 기능을 멈춰버리는 뇌. 거기에 하나를 더하자면 중풍에 걸린 노인이 나왔는데 뇌경색이니 뇌출혈이니 거창한 병명으로 듣는 것보다 중풍에 걸린 모습을 직접 보니 조금 더 충격적이었다.

"저희 아버지도 뇌경색이었어요. 다행스럽게도 빨리 병원에 가서 회복할 수 있었어요. 병원에서 앞으로는 절대 금주, 금연하라고 했는데 다시 담배를 피우게 되어 여기에 오게 된 거예요."

누가 묻는 사람도 없는데 유준상이 말했다.

"참, 나 원. 말을 하려면 바로 해라. 일 년 동안 잘 참아오던 담배를 내가 누구 때문에 다시 피우게 되었는데? 다 너 때문이잖아? 고등학교 일 학년밖에 되지 않는 녀석이 술에 담배에, 거기다가⋯⋯ 이건 집안 망신이라서 말을 할 수 없지만 아무튼 너 때문에 내가 간신히 끊은 담배를 다시 피우게 된 거잖아. 아이고 혈압이야."

유준상의 아빠인 유순식 아저씨가 손으로 뒷목을 잡았다. 말을 하려면 끝까지 해주지. 집안 망신이라서 할 수 없다는 말이 어떤 건지 궁금했다.

"거, 집안 싸움은 집에서 하시지. 여기에 담배 피우게 된 사연 없는 사람이 누가 있겠어요. 참말로 눈물 나는 사연들을 다 갖고 있을 거요."

중소기업 사장이라고 자신을 소개한 김말진 아저씨가 말했다.

"그럼 댁은 무슨 사연이 있는지 한번 들어봅시다."

"내 나이 지금 오십하나인데 고등학교 일 학년 때인 열일곱 살에 처음 담배를 배웠지요. 그때는 까치 담배라고 담배를 한 개비씩 파는 곳이 있었는데 학생들에게 인기였지요. 나는 그때 우리 학교와 나란히 있는 여고에 다니는 여학생과 사귀었지. 그런데 그 아이가 가정사가 아주 불행하더라고. 아버지가 재혼을 했는데 새엄마가 재산을 들고 도망을 쳤다나 뭐라나. 아버지도 새엄마를 잡겠다고 집을 나가서 혼자 그러고 지냈는데 그 아이는 담배를 피우면서 자신의 신세를 한탄했지. 어쩌겠어. 나도 같이 담배를 피우면서 힘을 내라, 곧 쨍하고 해 뜰 날이 올 거다, 이러면서 위로해주었지. 그러면서 담배를 배웠고 담배가 늘었고 이제는 담배 없이는 살 수 없게 되었다, 이 말씀이지."

말을 하면서 김말진 아저씨는 슬슬 반말을 섞었다.

"참 기구하구먼."

유순식 아저씨가 혀를 찼다. 동영상은 돌아가고 있는데 동영상을 보는 사람은 아무도 없었다.

"이미 수도 없이 보셨을 테니 그만 끄겠습니다."

금연 강사가 동영상을 껐다. 본격적으로 처음 담배를 배울 때 이야기를 돌아가며 하게 되었다. 모두 담배를 피우는 사람들이고 어차피 금연이라는 공통적인 목표를 갖고 온 사람들이라서 그런지 나이, 성별에 상관없이 부끄러울 것도 창피할 것도 없는 눈치였다.

"저는 중학교 일 학년 때 처음 담배를 피웠어요. 삼 학년 선배가 담배를 구해 오라고 얼마나 달달 볶던지 아버지 담배를 몰래 훔쳐다 주었지요. 그랬더니 나보고도 같이 피우자는 거예요. 어떤 맛이기에 죽으라고 피우려 하는지 궁금하기도 하고 또 담배 피우는 폼이 멋지기도 해서 저도 피우게 된 거지요."

우체국에서 근무한다는 서성호 형님이 말했다. 사실 서른아홉이니 아저씨라고 불러도 되겠지만 굳이 형님이라고 불러달라고 했다.

"저는 결혼한 지 이제 삼 년 되었는데 하루에 담배를 두 갑씩 피워요. 아기를 낳을 계획이 있는데 금연부터 해야 할 거 같아서 왔어요."

서른다섯 서민정 누나가 말했다. 나는 친구의 담배 피우는 모습에 반해서 피우게 되었다고 말했다. 말을 하면서 준영이를 떠올렸다. 오늘 상태는 어떨까, 좀 나아졌나? 담임은 내가 말하는 친구가 누구인지 아는 눈치였다.

담임은 기타를 배우는데 얼마나 실력이 늘지 않는지 친구한테 놀림을 받고 담배라도 잘 배워보자 해서 친구 보란 듯 배우게 되었다고 했다. 참 사연도 가지가지다.

"저는 담배 피우는 친구한테 담배를 갖다 준 죄로 여기에 오게 되었어요."

서라가 억울하다는 말투로 말했을 때 사람들이 모두 웃음을 터뜨렸다.

"그걸 믿으라고? 담배 갖다 주면서 같이 피우지 않았다는 말은 여자이면서 나는 남자입니다, 요러고 거짓말하는 거나 같지. 푸히 히히. 여기 모인 사람 중에 담배에 관해 거짓말 한 번 안 해본 사람은 아무도 없을걸. 여태껏 많은 사람들을 만나봤는데 자기가 주도해서 담배를 피우고 다른 사람들에게 전했다는 사람은 아무도 없어. 듣다 보면 모두가 다 억울한 피해자들이지."

유순식 아저씨가 킬킬거리자 너도나도 고개를 끄덕이며 야릇한 웃음을 흘렸다.

"다들 담배를 피우게 된 사연을 잘 들었습니다. 그럼 왜 지금도 계속 피우십니까?"

금연 강사가 물었다.

"그거는 질문이 못 되지요. 담배 맛을 아니까 피우는 거 아닙니까."

"담배 맛을 알면 끊기 힘들지."

"중독이라고 말할 수 있지요."

"이 험한 세상에 담배가 위로의 다리가 되어준다고나 할까."

한마디씩 했다.

"담배 맛이 어떤 건지 설명해주실 수 있으세요?"

금연 강사가 물었다.

"참으로 이상한 질문만 골라서 하는군요. 강사님은 담배 안 피워봤나 보군요. 담배 맛을 묻다니 말입니다. 담배는 말입니다. 만병통치약이에요. 게다가 아주 친한 친구이기도 하지요. 뭔가 풀리지 않는 일이 있을 때 고민이 생겼을 때 얼마나 머리가 아픕니까?

그때 담배를 피우면 머릿속이 환해지면서 맑아지지요. 울고 싶을 때 위로라도 받고자 다른 사람에게 사연을 말해보세요. 다 네 탓이다, 이러면서 염장만 더 지르게 만들지요. 하지만 담배는 그렇지 않아요. 쓰다듬어주고 어루만져주고 평화롭게 해주지요."

김말진 아저씨가 말했다.

"너도 그러니?"

금연 강사가 갑자기 나에게 물었다.

"아니, 저는 아직…… 가끔 피우고 싶다는 생각이 들긴 해요. 조금 맛을 알 거 같기도 하고 모르는 것 같기도 하고."

"에이, 아직 흡연 초급이구먼. 배운 지 얼마나 되었는데?"

김말진 아저씨가 물었다.

"일……년."

나는 담임을 힐끗 봤다.

"왜 내 눈치를 봐? 어차피 여기서는 너나 나나 학생이야, 학생. 금연 학교 학생! 오늘 저녁부터 일기 써야 하는 똑같은 학생이라고."

담임이 인상을 팍팍 썼다.

"초급일 때는 금연에 성공하기 쉽지. 우리 준상이는 아마 중급을 넘어섰을걸? 밥 먹고 나면 꼭 담배 피우러 가거든. 기가 막힌 일이 있었지. 가족끼리 외식을 하러 갔는데 갈비를 실컷 뜯고 난 후에 준상이가 오줌을 누러 간다는 거야. 잠시 뒤에 나는 담배 생각이 나서 준상이 엄마 눈치를 보며 식당 뒤편으로 갔거든. 그런데 하필 라이터가 없는 거야. 그때 한쪽 귀퉁이에서 돌아서서 고개를 숙이고 담배를 피우는 사람이 있더라고. 그래서 '죄송하지만 담뱃불 좀 빌릴 수 있을까요' 이러고 정중하게 묻는데 그 사람이 획 돌아보는 거야. 그런데 그게 누군지 알아? 우리 준상이더라고. 어쩐지 뒷모습이 많이 낯익더라고."

유순식 아저씨 말에 유준상은 얼굴을 다른 쪽으로 돌려버렸다. 유준상의 구겨질 대로 구겨진 인상으로 보아 저 사건 이후 얼마나 자주 그 말을 들었는지 알 수 있었다. 아마 담배 얘기만 나오면 하는 유순식 아저씨의 최고 레퍼토리였을 거다.

"그 정도는 어디 가서 명함도 못 내밉니다. 여러분들 암만동 놀이터 살인사건이라고 들어보셨습니까? 이틀 정도 인터넷을 뜨겁게 달구던 사건이었지요."

갑자기 담임이 입을 열었다. 나는 너무 당황스러워서 나도 모르게 주먹을 쥐어 담임 입을 막았다.

"비켜."

담임은 내 손을 힘껏 뿌리쳤다.

"이 아이가 바로 그 사건에 연루되었지요."

아니, 담임이라는 사람이 학생의 비밀을 지켜주지는 못할망정 이렇게 까발려도 되는 거야?

"살인사건?"

"담배 때문에 살인사건이 났나요? 으헉, 그런데 살인사건에 연루된 애가 왜 경찰서나 교도소, 소년의 집에 가지 않고 금연 학교에 왔나요?"

모두의 눈이 나에게 쏠렸다.

"선생님. 그거는 좀 비밀로 지켜야 하는 거 아닌가요?"

나는 두 손을 꼭 모아 쥐고 간절한 눈으로 담임을 바라봤다.

"비밀 같은 소리 하고 있네. 뭐가 비밀이야?"

담임은 신경질을 부렸다. 담임이 평소에 말도 거칠게 하는 편이고 행동 또한 다정하고 부드러운 맛은 전혀 없는 사람이지만 저렇게 무식한 정도는 아닌데 오늘따라 조금 지나치다 싶었다. 담임은 금단현상 스트레스를 풀고 있는 거 같았다.

"사람을 죽였나요?"

유순식 아저씨가 물었다.

"아닙니다. 사람을 죽였으면 여기에 있을 수 있나요? 죽은 사람 주머니에서 담배를 훔쳤습니다."

"아이고야, 아주 용감한 케이스군요. 하지만 담배 생각이 간절하면 그럴 수도 있겠다고 이해는 갑니다. 그럼 우리 준상이 얘기를 해줄까요? 듣고 보니 우리 준상이와 별반 차이가 안 나는데요."

"아빠 무슨 말을 하려고 그러는 거예요?"

유준상이 유순식 아저씨를 말렸다.

"가만있어, 이놈아. 내가 집안 망신이라서 이 말만은 하지 않으려고 했는데 말입니다. 내가 오죽하면 아들놈이랑 함께 금연 학교에 오겠습니까? 저놈이 집에서 용돈 잘 받아가면서도 알바를 했더라고요. 편의점에서 알바 하면서 담배를 많이도 훔쳤습니다."

이건 금연 학교가 아니라 비행 청소년 고발 학교인 거 같았다.

"여러분 바로 그거입니다."

그때 금연 강사가 나섰다.

"여러분은 지금 담배로 인해 상처받은 일들을 이야기 나누고 계십니다. 담배를 억지로 피우지 않는 것이 금연이 아닙니다. 내 스스로 담배를 거부하는 게 금연입니다. 그러기 위해서는 내가 담배 때문에 상처받았던 점과 담배를 끊어야 하는 이유를 분명히 알고 있어야 합니다. 그걸 잘 생각해보시기 바랍니다."

금단현상

담임은 밤새 잠을 자지 못했다. 똥 마려운 강아지처럼 온 방 안을 헤매고 다니더니 한밤중에 밖에도 들락날락했다. 그러면서 나를 붙잡고 무엇이 먹고 싶지 않느냐, 금연 학교에서는 왜 밥만 주고 간식이나 야식은 주지 않느냐, 구시렁구시렁, 난리도 이런 난리가 없었다.

새벽녘 얼핏 잠이 들었을 때 담임이 내 귀에 대고 속삭였다.

"성돈아, 혹시 있냐?"

겨우 잠이 들었는데 왜 깨우고 난리람, 짜증이 한순간 확 밀려왔다.

"뭐가요?"

"알면서 뭘 물어? 있으면 한 개비만 줘라."

"없는데요. 선생님이 담배는 절대 가져오지 말라고 전해주셨잖아요."

"야, 그걸 곧이곧대로 믿었냐?"

담임은 나에게 신경질을 부렸다.

"이럴 줄 알았으면 어제 남았던 거를 줄담배로 처리하는 게 아니었는데."

담임은 벌떡 일어나 불을 켰다. 그러더니 정신 사납게 돌아쳤다.

"잠도 안 오는데 일기나 쓰자."

나와 담임은 일기장을 앞에 놓고 마주 앉았다. 담임은 금단현상의 괴로움에 대해 써내려갔다.

"잠도 안 오고 목은 마르고 머리는 아프고 곧 무슨 일이 일어날 것처럼 초조하고, 죽겠다."

담임은 굳이 큰 소리로 읽어가며 일기를 썼다.

나도 한 자 한 자 일기를 써내려갔다.

나는 그냥 잘 수 있었는데 담임 선생님이 떠들고 돌아치는 바람에 잠이 다 달아났다.

"야, 너는 선생보고 돌아친다가 뭐야?"

내 일기를 슬쩍 넘겨다보던 담임이 시비를 걸었다. 참 괴로운 밤이다.

일기를 다 쓰고 멀뚱히 앉아 있던 담임이 물었다.

"왜 이렇게 밤이 기냐?"

"그러게요."

나도 머리에 털 나고 이렇게 긴 밤은 처음이었다.

"성돈아. 너는 이참에 끊어라. 준영이도 담배만 피우지 않았다면 저렇게 되지 않았을 거다. 사실 나는 준영이를 보면서 가슴이 철렁 내려앉았지. 내 폐는 지금 어떤 모습일까, 겁이 나기도 했어. 담배를 끊어야겠다는 생각도 간절하고 말이다. 하지만 생각만 있다고 해서 다 되는 거는 아니다. 중독될 대로 되어서 도저히 끊을 수가 없을 거 같다. 나처럼 이렇게 되지 않으려면 지금 끊어라. 솔직히 말하자면 나는 벌써 금연에 열 번도 넘게 실패했다. 난 아무래도 틀린 거 같다. 그냥 이렇게 살다 죽어야지."

담임 얼굴은 지쳐 보였다. '이렇게 살다 죽어야지' 하고 말하는데 불쌍해서 눈물이 다 날 정도였다. 하룻밤 견디는 것도 저렇게 힘들어 하는데 금연에 성공하기는 힘들 거 같았다.

아침에 거실로 나왔을 때 제대로 된 얼굴을 가진 사람은 아무도 없었다. 담배를 피우지 않는 서라까지 다 죽어가는 얼굴이었다.

"아, 진짜 저 언니 때문에 한숨도 못 잤네. 앉았다 일어났다 누웠다, 기어 다니기까지 하더라. 정신이 하나도 없게 만들더니 나중에는 노래를 부르더라. 불을 꺼놓고 노래를 부르는데 귀신 나오는 줄 알았다."

그렇지 않아도 작은 서라 눈이 잠을 못 자서 그런지 팅팅 부어 있었다.

아침을 먹는데 씹는 것이 모래인지 밥알인지 헷갈렸다. 모두들 정신 나간 사람들처럼 멍하니 숟가락질을 했다.

아침을 먹고 강당에 모였다. 본격적인 금연 교육 시작이었다. 금연 강사는 종이 한 장과 펜을 나눠주었다.

"오늘 교육은 제가 하고 내일 교육은 다른 분이 하실 겁니다. 이 종이에 담배를 왜 피우는지에 대해 자세히 써주세요. 그걸 갖고 토론을 하도록 하겠습니다."

"토론이요? 토론이면 말을 많이 해야 하지 않소? 가뜩이나 힘 없어 죽겠는데 뭔 토론? 다른 금연 학교 교육처럼 담배가 왜 나쁜지, 담배를 피우면 왜 일찍 죽는지, 담배를 끊으려면 어떤 노력을 해야 하는지 강연하고 동영상이나 봅시다."

유순식 아저씨가 거칠고 퀭한 얼굴로 말했다. 하지만 모두들 꾸역꾸역 금연 강사가 시키는 대로 종이에 뭔가 끄적였다.

잠시 후에 금연 강사가 종이를 걷어갔다. 그러고는 심각한 표정으로 종이를 한 장 한 장 읽었다.

"음, 대부분 비슷한 대답이에요. 어제도 잠깐 들었던 내용이고요. 답답하고 골치 아픈 일도 담배를 피우면 해소된다고 하셨고요. 또 심심할 때 담배를 피우면 에너지가 생긴다고도 했습니다. 그런데 가만, 서라 학생!"

금연 강사가 의아한 눈초리로 서라를 바라봤다.

"안 피워봐서 모르겠다?"

"저는 진짜 안 피워봤거든요."

"그런데 왜 여기 왔지?"

"어제 말했잖아요. 담배 갖다 주다가 이렇게 되었어요. 벌써 몇 번이나 말했는데 아무도 믿어주질 않아요."

"그 말이 사실이라고?"

"예."

금연 강사는 난감한 표정을 지었다.

"그냥 피운 거로 하자고, 피운 거로. 여기까지 와서 그냥 갈 수는 없잖아. 앞으로 담배 피울 일이 있을 수도 있으니까 미리 금연에 대해 공부하고 예방한다 생각하면 좋은 거지. 그럼 앞으로도 피우지 않을 거 아니야."

유순식 아저씨가 말했다.

논제: 담배는 과연 만병통치약이며 절친인가?

금연 강사가 칠판에 이렇게 썼다.

"금연 학원이 아니라 논술 학원이에요?"

유준상이 물었다.

"그렇다, 아니다, 두 팀으로 나눌 텐데요. 그렇다, 손들어보세요."

금연 강사 말에 몇 명이 손을 들었다. 나는 들까 말까 망설이고 서라는 멀뚱히 앉아 있었다.

"저는 기권이에요."

서라가 말했다.

"감성돈은?"

나는 금연 강사의 물음에 그제야 천천히 손을 들었다. 담배는 분명 친절했다. 힘들 때일수록 그 친절은 빛이 났다. 가만 생각하니 답답하고 우울하고 짜증날 때 담배를 피우면 기분이 금세 좋아졌다. 그리고 그때의 담배는 맛있었다.

"그럼 아니다 팀은 한 명도 없는 거네요. 좋습니다. 그렇다면 왜 담배가 만병통치약이며 절친인지 돌아가며 발표하기로 하지요."

대답은 뻔했다. 골치 아픈 일이 생겼을 때 골치 아픈 것을 가시게 만들어주고 짜증이 날 때 기분 좋게 해주고 불안할 때 마음을 편하게 만들어주며 머릿속이 산만할 때 집중하게 해준다. 이러니 만병통치약이고 심심하고 외로울 때 그 외로움을 잊게 해주고 행복한 마음이 들게 하니 절친이다. 하도 들어서 외울 수도 있겠다.

"그런 모든 증상들을 담배가 진짜 해결해준 거라고 믿나요?"

금연 강사가 물었다.

"그렇다니까 여태 우리 말을 뭐로 들은 겁니까?"

김말진 아저씨가 볼멘소리를 했다.

"그렇다면 한 가지 묻겠습니다. 머리가 자주 아프다고 해요. 알

수 없는 두통이 자주 찾아옵니다. 그럴 때마다 진통제를 먹습니다. 진통제를 먹으면 당연히 머리 아픈 것이 가시겠지요? 그럼 근본적으로 머리 아픈 것을 치료한 건가요?"

"에이, 그거는 아니지요."

김말진 아저씨가 피식 웃었다.

"그럼 또 하나 묻겠습니다. 골치 아픈 일이 생겼을 때 담배를 피우면 골치 아픈 것이 가신다고 했는데 그렇다면 담배가 그 골치 아픈 일을 해결해준 건가요?"

"아니, 일이야 해결해주지는 못하지요. 거참 말을 이상하게 배배 꼬아서 하시네."

김말진 아저씨는 퉁명스럽게 말했다.

"그런데 왜 골치 아픈 일이 있을 때 담배를 피우나요?"

"그야…… 그래요. 일을 잘 해결할 수 있는 생각이 나도록 집중하게 만들어주지요."

김말진 아저씨가 옳다구나 하고 대답했다.

"담배가 말인가요?"

"예. 담배가요."

"의학적으로 담배는 집중을 방해한다고 하는데요."

금연 강사의 말에 모두들 이건 또 무슨 소리? 하는 눈빛을 주고받았다.

"집중이 잘 된다고 착각을 하는 거지요."

금연 강사는 칠판에 '금단현상'이라고 적었다.

"지금부터 금단현상에 대해 한 가지씩 말씀해 보실까요? 현재 겪고 있으니 말씀하실 수 있겠지요."

"숨이 탁 막힙니다."

"가슴이 답답하고 밥맛도 없습니다."

"뭔가 무지하게 불안하고 초조합니다."

"머리가 아프고 어지러워요."

"소화도 잘 안 되고 짜증만 납니다."

"뭘 생각할 수가 없어요."

모두들 인상을 쓰고서 한마디씩 했다.

"지금 담배를 피운다면요?"

"아이고야, 그럼 단번에 이 증상들이 날아가는 거지요."

담배를 피운다는 말만 들어도 기운들이 나는지 순간 눈들이 반짝거렸다.

"바로 그겁니다. 담배는 만병통치약이 아니라 금단현상을 없애 주는 역할만 할 뿐입니다."

금연 강사의 말을 듣고 보니 그 말도 맞았다.

"준상이."

금연 강사가 유준상을 바라봤다.

"준상이는 어떤 금단현상을 겪고 있지? 좀 전에 아무 말도 하지 않았는데."

"아무 것도 할 수 없을 거 같은 생각이 들어요."

"언제나 겪는 금단현상인가?"

"예. 담배를 피우고 나서 몇 시간 지나면 그런 증상이 나타나요."

"그럼 담배를 피우면 뭐든 다 할 수 있나?"

"그거는 아니에요."

유준상이 고개를 저었다.

"성돈이는 지금 어때? 여기에서 흡연 기간이 제일 짧은데."

"불안해요. 곧 나쁜 일이 생길 것만 같아요."

나는 말을 하면서 이게 과연 금단현상인지 아니면 준영이 때문에 불안하고 초조한 건지 헷갈렸다. 오늘 오전에 준영이의 상태는 어떤지 궁금했다.

"좋습니다. 오전에는 이 정도만 하죠. 오전 교육에서 하고자 하는 말은 바로 그겁니다. 우리는 금단현상을 해소하기 위해 담배를 계속 피울 수밖에 없다. 하지만 금단현상은 무엇 때문에 생기는지 생각해보시기 바랍니다. 담배를 끊으면 금단현상은 얼마간 나타나다 곧 사라집니다. 금단현상의 주범은 담배죠. 담배가 버림받지 않기 위해 앙탈을 부리고 떼를 쓰는 게 금단현상인데 그 앙탈과 떼쓰는 것을 뿌리치지 못하고 있는 거지요. 그걸 기억하시고 점심 식사 전에 마당에 나가 각자 운동을 하시면 되겠습니다. 운동도 교육 과정 중에 필수로 들어가는 것이므로 귀찮다고 그냥 앉아 계시면 안 됩니다. 마당에 공과 줄넘기를 비롯해서 운동기구가 잘 갖춰져 있습니다. 어제 비가 와서 그런지 오늘은 더 맑고 화창한 날씨네요."

모두들 마당으로 내몰렸다. 하지만 운동을 하겠다는 의지는 없어 보였다. 운동기구에 앉아 햇빛 바라기만 하고 있을 뿐이었다. 그러다 금연 강사가 나와 어서 운동을 하라고 재촉하자 마지못해 운동을 하기 시작했다.

나와 담임은 마주 서서 공을 주고받았다. 그래도 움직이니까 기분이 조금은 나아졌다.

점심을 먹고 나서는 명상 시간이었다.

"눈을 감고 가장 사랑하는 사람을 떠올리십시오."

잔잔한 음악이 흐르고 마음을 평화롭게 해주는 향이 난다는 촛불이 방 안에 밝혀졌다. 하지만 눈을 감아도 내가 가장 사랑하는 사람은 눈앞에 떠오르지 않고 준영이가 떠올랐다.

"아마 분명 사랑하는 사람이 있으나 또렷하게 떠오르지 않는 분도 계실 겁니다. 내 마음이 식은 건가, 하고 당황하지 마십시오. 여러분은 지금 금단현상에 시달리고 있기 때문에 자신의 의지대로 생각할 수 있는 힘이 모자란 겁니다. 사랑하는 사람! 생각만 해도 얼마나 가슴 한 켠이 저리고 아름답습니까. 하지만 무언가에 중독되어 있는 사람은 그것이 해소되지 않았을 때는 사랑하는 사람조차 떠올릴 수 없을 정도로 정신이 나약해집니다. 지금 담배를 피운다면 단박에 그 사람의 모습이 떠오르고 그 사람을 왜 사랑하는지 얼마나 사랑하는지 그 사람과의 생활이 아주 자세하고 또렷하게 생각날 겁니다. 그리고 앞으로 어떻게 해주고 싶다는 구체적인 생각도 나지요. 결론은 여러분의 생각과 마음은 모두 담배의 지배를 받고 있는 거지요. 억지로 얼굴을 떠올리고 그 사람에 대해 생각하려고 하지 말고 그냥 눈을 감고 마음속으로 이름을 되뇌어보는 겁니다. 편안하게, 천천히."

한 시간 넘게 눈을 감고 있었다. 나중에는 허리도 아프고 엉덩이도 쑤셨다.

삼십 분 휴식을 한 뒤 다시 명상이었다.

"이번에는 앞으로의 내 모습을 상상해보는 시간입니다. 나이가 많고 적음에 상관없이 누구나 꿈을 갖고 있습니다. 돈을 더 많이 벌어 조금 더 윤택한 생활을 하고 싶다는 꿈, 앞으로 멋진 직업을 갖고 싶다는 꿈, 세계를 돌며 배낭여행을 해보고 싶다는 꿈, 예쁘고 똑똑한 아기를 낳고 싶은 꿈. 말로는 내가 무슨 꿈이 있어? 되는 대로 사는 거지, 이렇게 말할지 모르지만 사람은 누구나 원하는 바를 가슴에 담고 삽니다. 그리고 진심으로 원하면 이루어진다는 말이 있습니다. 전혀 불가능하다고 생각했는데 말입니다. 진심으로 원하고 구체적으로 형상화하십시오. 그러면 이루어집니다. 자, 내가 무엇을 원하는지 생각해내고 그걸 이루었다고 상상하고 꿈을 이룬 내 모습이 되어 보는 겁니다."

꿈하고 담배하고 어떤 연관이 있는 거지? 아무튼 시키니까 시키는 대로 해보자. 그런데 가만, 내 꿈은 뭐지? 내가 원하는 것은 뭐더라? 맞아, 사진 찍는 거를 좋아해서 사진작가가 되고 싶었지. 초등학교 삼 학년 때는 생일선물로 카메라를 받았었어. 전문 사진작가들이 쓴다는 아주 비싼 카메라였는데. 엄마는 비록 비싸기는 하지만 그 카메라가 내 꿈을 이루게 해주는 원동력이 될 거라고 했었어. 그런데 가만, 그 카메라가 어디 있더라. 우리 집이 폭삭 망하고 나서 나는 카메라에 대한 생각까지 까맣게 잊고 있었다. 참 오랜만에 카메라에 대해 생각했다. 그리고 멋진 사진을 찍고 싶다는 생각도 했다. 한참 생각하고 있는데 음악이 멈췄다.

"이제 눈을 뜨십시오. 김말진 선생님부터 좀 전에 어떤 생각을 하셨는지 말씀해주시지요."

"나는 직장 생활을 이십 년이 넘도록 하다가 내 회사를 차렸어요. 그러고 난 후 언제나 세계로 쭉쭉 뻗어 나가는 회사를 꿈꾸었어요. 그런데 요즘 경기가 너무 어렵다 보니…… 의기소침해져 있었는데 오랜만에 성공한 내 모습을 상상하니 기운도 나고 기분도 좋군요."

유순식 아저씨는 가족과 함께 일 년 정도 기간을 잡고 세계 여행을 하는 것이 꿈인데 그게 이루어져서 공항에 있는 상상을 했다고 했다. 서민정 누나는 예쁜 아기를 낳아 놀이동산에 가는 상상을 했다고 했다. 그것도 쌍둥이로.

"저는 산악인이 되고 싶습니다. 세계의 높은 산에 모두 가보고 싶습니다. 좀 전에 히말라야에 올라간 상상을 했습니다."

유준상이 말했다.

"야, 너는 네 꿈 이루려면 꼭 금연해야겠다. 등산하려면 폐활량이 좋아야 하는데 담배 피우면 절대 안 되거든."

김말진 아저씨가 말했다.

"제 꿈은 아이들 말을 잘 들어주고 그들의 인생 멘토가 되어주는 교사가 되는 것이었지요. 하지만 돌아보면 늘 아이들에게 화를 내고 짜증 부리기에 급급했습니다. 그러면서 스스로 놀랄 때도 많았습니다. 내가 왜 이러는 거지? 답은 곧 나왔습니다. 금단현상이었지요. 담배를 많이 피우면 피울수록 그것도 심해져서 담배를 피우고 돌아서면 한 시간도 채 못 되어 금단현상이 찾아왔어요. 그렇다고 학교에서 마음대로 담배를 피울 여건도 안 되고. 오랜만에 제가 꿈꾸던 교사가 되어 있는 모습을 상상해봤습니다. 참 행복하군요."

담임이 말했다.

서라는 처음에는 기권을 하겠다고 했지만 사회복지사가 되겠다고 수줍게 말했다. 서라 말을 듣고 보니 어쩐지 서라와 사회복지사는 참 잘 어울릴 거 같았다. 남의 일에 참견하고 어려운 일을 당하고 있는 거 같으면 나서주기도 하고 말이다.

"나를 지배하는 것은 나여야 합니다. 담배 같은 것이 나를 지배해서야 되겠습니까? 그리고 내가 원하는 것, 꿈을 이루려면 가장 기본적인 바탕이 되어야 하는 것이 건강입니다. 오늘은 여기까지 하고 저녁 식사 전까지 자유 시간을 갖도록 하겠습니다."

그래, 같이 치킨 먹는
친구가 되자

또다시 전날 밤과 같은 밤이 이어졌고 그것과 비슷한 일기를
썼다. 아침에 거실로 나오는 사람들의 얼굴은 전날보다 더 심하
게 구겨졌고 삶의 의미를 잃은 표정이기도 했다.

아침을 먹고 나서 다른 금연 강사의 강의가 시작되었다. 금연
강사는 기타를 메고 나와 생뚱맞게 노래를 배워보자며 악보가 그
려진 종이 한 장씩을 나눠주었다.

노래 제목은 '담배 안녕.'

가사는 유치하기 짝이 없었다. 단 세 문장만이 반복되고 또 반
복되었다.

너를 만나 행복했어

그러나 진정한 행복은 아니었어

담배야, 담배야, 너를 보내고 진짜 행복을 찾고 싶어

팅가팅가 팅팅가가.

기타 음이 흐르고 금연 강사는 손을 높이 쳐들고 박수를 치라는 시늉을 했다. 아주 자기 혼자 신이 나도 제대로 났다.

마지못해 박수를 치는 사람들의 눈동자는 허공에 흩날리는 눈발처럼 초점이 없었다.

"크게, 크게 따라하세요."

금연 강사가 목에 힘줄이 서도록 소리쳤다.

"너를 만나 행복했어~~."

아주 엿가락이 늘어지도록 축축 늘어지는 노랫소리가 굼벵이 움직임처럼 천천히 울려퍼졌다.

"이게 대체 뭐야? 나는 절대 담배는 피우지 말아야겠다. 이상한 종교 집회 같아."

서라가 고개를 절레절레 흔들며 주먹을 불끈 쥐었다.

"더 크게, 더 크게."

금연 강사는 계속 더 크게 하라고 소리쳤다.

"담배야, 담배야~."

담배를 부르는 소리가 처절했다. 울먹이는 목소리도 섞였다.

"선생님. 진짜 웃기고 유치해요."

오전 강의가 끝나고 서라가 담임에게 말했다.

"너는 그렇게 생각할지 몰라도 여기 모인 사람들은 심각하고 진지해."

점심을 먹고 식당에서 나올 때였다. 김말진 아저씨가 갑자기 앞으로 뛰어나가더니 모두들 우르르 몰려갔다. 나는 이유도 모르고 함께 그쪽으로 달려갔다. 김말진 아저씨가 담배 한 개비를 주워들었다.

"누구지? 누군가 담배를 갖고 들어왔다는 말이잖아?"

김말진 아저씨가 매서운 눈초리로 둘러봤다.

"나는 아니야."

유순식 아저씨의 말을 시작으로 너도나도 자신은 아니라고 했다.

"이 금연 학교에 엄격한 규칙이 하나 있는 거 알아요?"

서민정 누나가 걱정스런 표정으로 변했다.

"같은 기수 중에 한 명이라도 합숙 기간에 담배를 피우면 기수 전부 다 수료증을 받지 못해요."

"뭐어? 그런 규칙은 처음 들어보는데요?"

담임이 깜짝 놀랐다.

"홈페이지에 있어요."

"굳이 수료증이 필요하지는 않지만 이러면 안 되지."

김말진 아저씨는 담배를 쳐다보며 침을 꿀꺽 삼켰다. 그러다 스스로 놀랐는지 얼른 헛기침을 했다.

"저는 수료증이 꼭 필요해요. 여기 저와 함께 온 학생들도 수료증이 없으면 큰일나요."

담임이 펄쩍 뛰었다. 수료증 없이 맨손으로 돌아가면 교장 선생님은 가만있지 않을 거다.

"누가 그랬든 비밀로 합시다."

담임이 담배를 빼앗으려고 했다. 김말진 아저씨가 몸을 획 돌려 담임의 손을 막았다.

"피우실 겁니까?"

담임이 김말진 아저씨에게 물었다.

"피우기는요."

김말진 아저씨가 무슨 그런 말을 다 하느냐고 펄쩍 뛰었다.

"그러지 말고 이렇게 합시다."

그때 유순식 아저씨가 나섰다.

"어차피 주웠으니까 돌아가면서 한 모금씩만……하면 안 되겠지요? 그럼요 안 되고말고요. 대신 우리 돌아가면서 담배 냄새라도 한 번씩 맡아봅시다. 그러면 마음의 위안이라도 될 거 같아요."

냄새쯤이야! 그 정도는 괜찮겠지요! 단합은 순식간에 되었다. 먹잇감을 앞에 둔 하이에나 떼처럼 모두 담배로 머리를 들이밀었다.

"깨끗하게 묻어 버립시다."

모두 냄새를 맡고 난 다음 김말진 아저씨가 마당가에 있는 나무 밑을 파고 담배를 묻었다. 담배 한 개비 묻는 것은 경건한 의

식과도 같았다. 모두가 아섭고 안타까운 표정으로 담배 묻는 과정을 지켜봤다.

오후 강의는 어제와 비슷했다. 담배를 억지로 참으려고 하면 실패율이 높다. 왜 담배를 끊어야 하는지 목적이 분명해야 한다.

나를 지배하는 것은 오로지 나여야 하고 내가 세상에 태어나 꼭 이루고 싶은 꿈은 건강이 뒷받침되어야 이룰 수 있다.

"머리가 조금 맑아지는 거 같은데 선생님은 어떠세요?"
저녁에 일기를 쓰며 담임에게 물었다.
"미치겠다."
담임은 여전히 똥 마려운 강아지 폼이었다. 들락날락하는 모양이 저러다 아까 땅에 묻은 담배를 파내지 않을까 걱정이 될 정도였다. 일기를 쓰고 난 후 담임은 속이 터질 거 같다면서 밖으로 나갔다. 한참을 기다려도 돌아오지 않았다. 혹시? 나는 담임이 묻었던 담배를 파내 피우는 모습을 떠올렸다. 그렇다면 말려야 하는 거지? 나는 방에서 나왔다. 거실에는 서라가 혼자 우두커니 앉아 있었다.

"서민정 언니가 아예 울부짖고 있어. 아유 시끄러워서 잠을 잘 수가 없어. 여기 와보니까 중독이라는 것이 무섭기는 무지하게 무섭다는 걸 알았다. 금단현상 때문에 어른들이 행동하는 게 어른 같지 않고 아이들 같아."

서라는 심각했다.

"그렇게 앉아서 무슨 생각하냐?"

나는 서라 옆에 앉았다.

"성돈이 너는 이참에 꼭 금연에 성공해라. 담배는 참 무서운 거야. 준영이가 아픈 것도 담배 탓이 크다면서."

서라가 준영이 말을 꺼내는 순간 준영이가 오늘은 잘 견뎌냈는지 못 견디게 궁금했다. 아, 휴대전화라도 있으면 전화 한번 해볼 텐데.

"그래, 나는 꼭 금연할 거다. 네 말대로 준영이도 그렇고 우리 아빠도 골초라서 요즘 기침이 심하거든. 아이씨, 병원에 가보라고 했는데 병원에 가봤는지 모르겠네."

아빠 걱정이 되었다.

"아 참, 아까 명상 시간에 있잖아. ㅎㅎㅎㅎㅎㅎ."

갑자기 서라가 입을 가리고 웃기 시작했다.

"사랑하는 사람을 떠올리라고 했을 때 성돈이 너는 누가 떠올랐냐? 나는 누구 얼굴이 떠오른 줄 아니?"

담배도 안 피우는 게 명상은 착실하게 잘도 했나 보다. 누구 얼굴이 떠오른 거를 보면 말이다.

"바로 감성돈 네 얼굴이 떠오르더라."

"뭐?"

미쳤군, 미쳤어. 담배도 안 피우는 게 금단현상이 찾아온 것도 아니고 왜 내 얼굴을 떠올리냐.

"그래서 생각했지. 성돈이 너와 나중에 결혼해서 아들딸 낳고 잘 먹고 잘 살려면 건강해야 하잖냐. 그러기 위해서 나는 앞으로도 절대 담배는 배우지 말아야겠다고 결심했지."

저런 말을 얼굴 표정 하나 변하지 않고 아무 거리낌 없이 지껄이는 서라를 보며 내 얼굴이 화끈 달아올랐다.

"제정신이 아니군."

나는 중얼거리며 방으로 들어왔다. 가슴이 두근거리고 숨이 한 번씩 막혀서 잠을 잘 수가 없었다. 이거, 금단현상인가?

아침 일찍 금연 학교가 발칵 뒤집혔다. 금연 강사가 담배꽁초를 들고 서 있었다. 누군가 어젯밤 묻었던 담배를 꺼내 피웠다는 거다.

"두더지도 아니고 왜 묻은 담배는 꺼내나? 누구야?"

김말진 아저씨가 눈을 부릅뜨고 소리쳤다.

"오늘은 수료식이고 퇴소를 하는 날입니다. 그런데 참으로 안타깝게도 우리 금연 학교의 규칙상 수료증은 줄 수가 없군요."

아, 망했다. 교장 선생님이 가만있지 않을 텐데.

나는 아침밥이고 뭐고 다 때려치우고 범인 잡기에 돌입했다. 대체 마지막 날에 다 된 밥에 재 뿌린 사람이 누구인지 잡히기만 해봐라. 교장 선생님한테 얼마나 달달 볶이라고 이런 끔찍한 일을 저지르느냐고!

"니코틴 검사해요. 어젯밤에 피웠으면 표가 나도 제대로 날 거 아니에요?"

나는 금연 강사에게 말했다.

"우리 금연 학교는 그렇게 강압적으로 하지 않아. 금연은 자기의 필요에 의해 스스로 하는 거야."

금연 강사는 잘라 말했다.

나는 매의 눈으로 사람들 얼굴을 살폈다. 어제까지만 해도 약속이나 한 듯 죽을상이던 얼굴들이었다. 그러니 얼굴에 꽃이 활짝 핀 사람이 있다면 바로 그 사람이 범인이다. 하지만 아무리 살펴봐도 색다른 표정은 찾을 수 없었다.

그때였다. 식판을 들고 내 옆을 스쳐가는 담임! 나는 담임에게서 풍겨 나오는 짙은 냄새를 맡았다. 낯익은 냄새였다. 나는 담임의 옆구리를 찌르고 턱짓으로 바깥을 가리켰다. 그러고는 담임의 팔을 잡고 식당 밖으로 나왔다.

"선생님. 왜 그러셨어요? 선생님 때문에 다 망쳤잖아요. 이제 어떻게 할 건데요?"

"뭘, 뭘 어떻게 해?"

담임이 눈알을 데굴데굴 굴렸다.

"선생님이 담배 피운 거 맞잖아요."

"야, 벼락 맞을 소리 하지 마라. 누가 담배를 피워? 나도 지금 열 받아 죽겠는데."

담임은 이쑤시개로 이를 벅벅 쑤시며 돌아섰다. 바람을 일으키며 돌아설 때 또 그 냄새가 났다. 발효되지 않은, 묵지 않은 신선한 그 냄새. 하지만 심증은 확실하나 물증이 없었다.

수료증도 받지 못하는 퇴소식이 시작되었다.

"여러분 삼 박 사 일 동안 고생하셨습니다."

입소식 때는 보이지 않던 금연 학교장이라는 사람이 나타나서 고생했다고 말했다. 입소식 때는 외국 어디인가 출장을 다녀왔다면서 말이다.

"그 고생의 증표로 수료증을 받았으면 참 금상첨화였겠으나 단 한 사람의 실수로 그러지 못하게 되었음을 안타깝게 생각합니다. 여러분! 우리 금연 학교는 억지로 담배를 피우지 말라는 금연 교육은 하지 않습니다. 삼 박 사 일 동안 우리 금연 학교에서 교육받은 것을 바탕으로 모쪼록 모두 금연에 성공하시기를 바랍니다. 지금 여러분은 금연 학교 출입문을 나서는 순간 바로 편의점을 만나게 될 것입니다. 그리고 편의점 안에 들어가면 담배를 살 수 있습니다. 담배를 사느냐, 사지 않느냐, 피우냐, 피우지 않느냐는 이제 여러분의 선택입니다. 모두 고생하셨습니다."

금연 학교장의 말이 끝나고 방으로 들어와 짐을 쌌다.

"선생님. 그렇게 살지 마세요."

나는 이를 악물고 담임에게 말했다.

"이 새끼는 왜 아까부터 자꾸 나보고 그래? 그렇게 살지 말라니, 그게 학생이 선생에게 할 소리야?"

담임은 화를 참을 수가 없는지 주먹을 쥐어 내 머리통을 휘갈겼다.

"선생님한테서 담배 냄새가 심하게 났다고요."

"야. 나는 온몸이 담배로 찌들어 있는 사람이야. 머리끝부터 발가락 끝까지 구석구석, 발톱 사이에도 담배 냄새가 날 거다. 아, 진짜 열 받게 하네."

짐을 챙겨 들고 모두들 마당에 모였다. 그리고 악수를 하며 작별 인사를 했다.

"꼭 금연에 성공하세요."

담임은 사람들 손을 잡을 때마다 이렇게 덕담을 했다. 천사의 가면을 쓴 악마로 보였다.

"지금 밖에 나가는 순간 가장 먼저 편의점으로 달려가는 사람이 범인일 거야."

서라가 그 작은 눈을 갸름하니 뜨고 말했다.

드디어 금연 학교에서 나왔다.

"자, 그럼 안녕히들 가십시오. 다시는 여기서 만나지 말고 다른 곳에서 해맑은 모습으로 만납시다."

제일 먼저 유순식 아저씨와 유준상이 택시를 잡았다.

"나도 택시 타고 가야겠다."

김말진 아저씨가 택시를 잡으러 저만큼 가더니 슬금슬금 이쪽 눈치를 보며 잽싸게 편의점으로 들어갔다.

"저 아저씨네. 저 아저씨가 범인이네."

서라가 말했다.

"오버하지 마. 편의점에 들어간다고 해서 어젯밤 담배를 피운 범인이라고 단정 지을 수 있어? 범인은 무슨, 담배 피운 게 무슨 큰 죄를 지은 거냐? 물론 우리가 그 사람 때문에 수료증도 못 받고 교장 선생님한테 된통 당할 일이 남았지만 말이다. 어젯밤 담배 피운 사람은 큰 죄를 지은 사람은 아니다. 단지 자신과의 싸움에서 졌을 뿐이지. 가자."

담임이 앞장섰다. 자꾸 어젯밤 담배 피운 범인에 대해 관대한 저 모습, 자신이 범인이라는 뜻이다.

"선생님. 진짜 진심으로 물어볼게요. 선생님이 어젯밤 담배 피운 거 아니죠?"

'담배 피웠죠?' 라고 물으려다 '담배 피운 거 아니죠?' 하고 물었다.

"아, 진짜 얘가 왜 이러냐? 마음잡고 좀 괜찮은 선생 되어 보려고 이를 악물고 있는데 자꾸 담배 생각나게 하네."

담임이 두꺼비 같은 손을 번쩍 들었다.

"아니면 말고요."

나는 두 손으로 머리를 감쌌다.

휴대폰을 켰다. 문자가 주르르 떴다. 부재중 전화도 와 있었다.

— 토요일 오전 10시 12분

성돈아, 드디어 꿈에 그분이 또 출연하셨다. 오늘 복권 사라.

5, 7, 9, 19, 33, 35

아빠는 내가 금연 학교에 들어온 걸 모르고 있었던 모양이었다.

— 토요일 오후 3시 11분

너, 왜 전화 안 받아, 이 새끼야. 복권 사러 갔냐?

아빠는 몇 분 간격으로 전화하고 문자를 보냈다. 시간이 점점 지 날수록 문자에는 보지도 듣지도 못한 욕들이 등장했다. 그리고 밤 이 되어서야 아빠는 내가 금연 학교에 입소한 사실을 안 듯했다.

"나는 지금 준영이 병원으로 갈 건데 너도 같이 갈래?"

담임이 물었다. 나도 마침 그 생각을 하던 참이었다. 택시를 잡 으려고 이리저리 뛰어다니는데 아빠에게서 전화가 왔다. 보나마 나 아빠에게는 말도 안 하고 금연 학교에 갔다고 뭐라고 할지 모 른다. 받을까 말까 망설이다가 받았다.

"금연 학교 끝났냐?"

어라, 목소리가 왜 이렇게 다정스러운지 모르겠다.

"네가 갔다는 금연 학교가 어디에 있는지 인터넷에서 찾아봤거든. 너, 아직 그 대학교 근처지? 내가 어젯밤에 말이다. 꿈을 꾸었는데 그분이 또 나타나신 거야. 그 조상님 말이다. 며칠 간격으로 자꾸 나타나시는 이유가 뭐겠니? 이번에는 제대로 도와주시겠다, 이 말씀 아니겠냐? 그 대학교에서 로또 가게까지 그다지 멀지 않아. 버스로 한 시간 남짓이면 될 거다. 가서 로또 사 와라."

또 로또 타령이었다.

"안 되는데요."

"왜?"

"친구 병원에 가야 해요. 친구가 급성 폐렴으로 입원해 있거든요. 담배를 피워서 폐가 안 좋아졌대요."

전화기 저편이 조용했다.

"어린놈이 어쩌다가 그 정도가 될 때까지 담배를 피워? 폐가 별로 안 좋은 것이 그 집안의 내력이었나? 알았다. 로또는 내가 사러 가지 뭐. 갔다 와라."

웬일로 아빠가 순순히 허락했다.

"아빠는 병원에 갔다 오셨어요?"

"……."

"예?"

"그게 말이다. 조금 큰 병원에 예약을 해놓았다. 동네 병원에 갔더니 괜찮은 거 같기는 한데 검사는 한번 해보라고 해서 말이다. 별일이야 있겠냐? 콜록."

한참 동안 말을 잘 하던 아빠가 기침을 했다. 별일이 있으면 어쩌나 가슴이 덜컥 내려앉았다.

"그럼 끊는다."

아빠는 서둘러 전화를 끊었다.

그때 택시 한 대가 내 앞에 섰다. 저만큼에서 택시를 잡으려고 껑충껑충 뛰어다니던 담임이 잽싸게 달려왔다.

택시를 타는데 준영이 엄마에게서 전화가 왔다. 침이 꼴깍 넘어갔다. 별일은 없겠지. 나는 손으로 가슴을 쓸어내린 다음 전화를 받았다.

"성돈이니? 준영이가 오늘 아침에 일반 병실로 내려왔다."

"만세."

나도 모르게 만세를 불렀다.

"오늘이 광복절도 아닌데 만세를 왜 부르나?"

택시 기사가 룸미러로 힐끗 쳐다보며 물었다.

"잠깐만, 준영이가 너 바꿔 달란다. 이제 말도 제법 잘해."

준영이 엄마 말을 듣는 순간 왈칵 눈물이 쏟아졌다.

"여보세요, 성돈이냐?"

전화기 너머로 준영이 목소리가 들렸다.

"그래 이 새끼야, 나다, 으어어엉."

나는 쪽팔리게도 엉엉 울고 말았다. 준영이가 앞에 있다면 살아줘서 고맙다고 부둥켜안고 뽀뽀 세례를 퍼붓고 싶었다.

"울지 마라, 성돈아. 그런데 한 가지 물어볼 말이 있어."

무슨 말? 고맙다고, 어떻게 너를 그렇게 끔찍하게 챙겨주었느냐고, 그걸 물어보려고? 야, 우리가 누구냐. 비록 담배 때문에 친해지기는 했으나 친구 아니냐, 친구. 친구끼리 고맙다는 말은 하는 게 아니야.

"네가 의사한테 내 옷 찢어도 된다고 했냐? 야, 그게 얼마짜리 옷인 줄 알아? 이 새끼야. 미국에 사는 이모가 명품이라고 사 보내준 거다. 그런데 그걸 내 허락도 없이 찢으라고 해?"

기가 꽉 막혀서 말도 나오지 않았다. 뭐 이런 새끼가 다 있나 모르겠다. 물에 빠진 놈 구해놓으니 보따리 내놓으라고 했다고 다 죽어가는 놈 병원에 데리고 갔더니 이제 와서 하는 말 하고는. 내가 더러워서 돈 벌면 그놈의 명품인지 뭔지 그 티셔츠부터 사줄 테니 걱정하지 말아라, 이 씨발놈아.

막 욕을 하려는 순간 수화기 너머로 준영이 엄마 목소리가 들렸다. 세상에 둘도 없는 소중한 친구한테 그게 무슨 말이냐고 준영이를 야단치고 있었다.

"야, 감성돈."

준영이가 내 이름을 불렀다. 또 무슨 말을 하려고 이 씨발놈아.

"내가 일반 병실로 내려온 기념으로 아빠가 치킨 두 마리 사오셨다. 나는 아직 이거 먹어도 되는지 모르겠는데 의사 몰래 조금

먹어보려고. 아빠가 나를 위해 뭘 사 오신 것은 처음이거든. 먹다가 죽어도 먹고 싶다. 흐흐흐. 그런데 감성돈. 너랑 같이 먹고 싶다. 엄마 말대로 너는 내 소중한 친구잖냐."

미친놈!

머리꼭지까지 치밀어 올랐던 부아가 봄눈 녹듯 사라져버렸다.

"비닐로 꽁꽁 싸놔서 아직 따뜻하다. 빨리 와라."

"알았다. 형님 금방 갈 테니까 기다려라. 아 참."

전화를 끊으려는 순간 머릿속을 번쩍 지나가는 빛이 있었다. 그래, 준영이가 살아난 기념으로 멋지게 사진 한 장 찍어보자. 죽으려던 놈이 살아나 치킨 다리를 뜯는 모습은 생각만 해도 감동의 물결이 일 것 같았다.

"기대해라. 내가 작품 사진 한 장 찍어줄게."

말을 하는데 이상하게 가슴 중간이 따뜻해지는 기분이 들었다.

"작품? 누가 작품 사진을 찍어?"

"누군 누구냐? 나지."

"미친놈."

준영이가 콧방귀를 뀌었다.

"진짜라니까. 야, 내 꿈이 뭐였는지 아냐? 그동안 까맣게 잊고 있었는데 금연 학교에 들어가서 그걸 다시 생각해냈다. 뭔지 궁금하지 않냐? 바로 사진작가다."

"푸하하하하."

갑자기 준영이가 웃음을 터뜨렸다. 말을 하는 목소리는 죽도 못 얻어먹은 놈처럼 힘이 하나도 없더니 웃음소리는 우렁찼다. 이건 뭐야. 내 말을 못 믿겠다는 뜻인가? 하긴 뭐 매일 지질한 모습이나 보이다가 난데없이 꿈이니 사진작가니 낯선 말을 하니 그럴 수도 있긴 하겠다. 나는 심호흡을 하고 마음을 가다듬었다.

"진짜다. 오늘 기대해라."

나는 차분하게 말하며 전화를 끊었다. 사진 생각을 하자 설렜다.

가만있어 보자, 그런데 준영이의 꿈은 무엇일까? 준영이도 분명 꿈이 있을 텐데. 그동안 준영이와 담배 친구가 되어 가깝게 지내면서도 우리는 단 한 번도 그런 것에 대해 이야기를 나눈 적이 없었다. 나는 준영이와 담배를 피우면서 어떤 이야기를 나눴었는지 생각했다. 담배를 어디에서 어떻게 구할까, 어디서 몰래 피울까, 담배를 피우다 들키면 어떻게 해야 하나, 우리의 대화는 대부분 그런 것들이었다. 나는 준영이에 대해 아는 것이 없었고 준영이 또한 나에 대해 그럴 것이다. 준영이를 만나면 치킨을 뜯으며 준영이 꿈에 대해 물어봐야겠다고 생각했다. 그리고 금연 학교에서 배운 명상을 준영이와 함께 해봐야겠다. 그 생각을 하자 웃음이 나왔다.

"뭐가 그렇게 좋아서 실실 웃어?"

담임이 물었다.

"선생님. 제가 다시 한 번 물을게요. 그 담배 진짜 선생님이 안 피웠어요?"

"아니라고. 아니라니까 왜 자꾸 그래? 너, 내 인내심 테스트 하냐? 진짜 아니다. 야, 감성돈! 나도 이번에 생각을 아주 많이 했다. 내 꿈, 그리고 사랑하는 사람들에 대해서 말이다. 그동안 나이 오십 넘었고 학교를 떠날 날도 머지않았으니 그냥 대충 살자는 마음이 많았다."

담임의 표정이 진지했다.

"그런데 어제 꿈을 이룬 상상을 하고 사랑하는 사람들을 떠올리면서 심장이 뛰는 나를 발견했어. 내 꿈은 묻어두었을 뿐 죽은 것이 아니었지. 나는 오늘부터 그 어느 것의 지배도 받지 않고 온전히 나의 주인이 되어 살아보기로 했다. 꿈은 묻어두기 위해 품는 것이 아니라 이루기 위해 있는 거니까."

나는 담임의 입을 멍하니 바라봤다. 담임이 저런 멋진 말도 하다니.

"기대해라. 아마 너희는 내일부터 세상에서 가장 멋진 선생을 보게 될 테니. 야, 저 금연학교는 금연학교가 아니라 인생학교 같다. 이제 나는 건강을 꼭 챙길 거다. 그러니 감성돈, 쓸데없는 오해하지 마라. 그러다 열 받아서 내가 다시 담배 피우면 네가 책임질래?"

담임이 내 머리통을 쥐어박았다.

"에이그 저런, 보아 하니 선생님 같은데 학생 대갈통을 그렇게 후려쳐도 되나요? 요즘 하도 무서운 세상이라서. 가만 보니 중학생 같은데 중학생이 제일 무섭다지요."

택시 기사가 룸미러로 바라보며 참견했다.

"우리 성돈이는 착해요. 선생님의 사랑의 매에 토를 달 아이가 아니에요."

서라가 말했다. 우리 성돈이라니, 우리 성돈이! 뭐 그렇게 듣기 싫은 말은 아니었다. 그래요, 선생님도 이참에 담배 확실히 끊고 건강해져서 꿈을 이루세요. 오십 살이 넘은 것은 문제가 되지 않을 거 같아요. '내일 지구의 종말이 와도 나는 오늘 한 그루의 사과나무를 심겠다'라는 말도 있잖아요.

햇살이 쨍했다. 나는 눈부시게 파란 하늘을 바라봤다. 앞으로 내가 맞을 날들이 딱 오늘만 같았으면 좋겠다.

작가의 말

몇 년 전, 나는 중환자실 앞에 서 있었다. 중환자실 안에는 남편이 있었고 의사로부터 마음의 준비를 하라는 말을 들었다. 비를 맞고 난 후 감기에 걸렸다고 생각했었는데…… 급성 폐렴! 그즈음 남편이 담배를 유독 많이 피웠다는 것을 기억해냈고 집안사람들이 대부분 폐에 문제가 생겨 세상을 떠난 사실이 떠올랐다. 남편은 기적처럼 십사일 만에 중환자실에서 나왔고 봄을 고스란히 병원에서 보내고서야 퇴원했다. 그 후로 담배 쪽으로는 고개도 돌리지 않았는데 이 년 뒤 남편의 동생이 폐암으로 세상을 떠났다. 그도 지독한 골초였다. 할 일이 아직도 많은 젊은 나이였다. 새로 가게를 열려고 준비를 하다 그리 되었으니 할 말이 없다.

내 첫사랑의 기억도 담배와 무관하지 않다. 어떤 게 연민이고 동경이며 사랑인지 구별할 수 있다고 큰소리치던 중학교 삼 학년 때 좋아하는 남자아이가 생겼다. 그리 잘생기지는 않았지만 매력이 많은 아이였다. 공부도 제법 했고 기타를 치며 노래도 잘 불렀다. 어느 날 그 아이가 담배 피우는 걸 목격했는데 그 모습이 어쩌면 그렇게 멋져 보이던지……. 하지만 내 마음을 전하지도 못하고 졸업을 했다. 그리고는 많은 시간이 흐른 다음 소식을 들을 수 있었는데, 이미 그 아이는 세상을 떠난 뒤였다. 마흔도 안 된 젊은 나이에 폐암이었다고 했다. 그 아이는 엄청난 골초였다고 했다. 그 말을 들으면서 그렇게도 멋져 보였던 그 아이의 담배 피우던 모습이 떠올랐다. 더 가슴 아픈 것은 그가 다섯 살짜리 아들을 두고 세상을 떠났다는 것이다. 아, 아들은 자라면서 얼마나 아빠를 그리워할까. 그 뒤로 후미진 골목에서 담배 피우는 아이들을 보면 내 첫사랑의 모습이 겹쳐졌다.

　나에게 문학 수업을 듣는 고등학교 일 학년 제자에게 너도 담배를 피우냐고 물은 적이 있다. 피운다는 대답이 돌아왔다. 담배가 얼마나 몸에 해로운지 일장 연설을 늘어놓는 나에게 그 아이가 피식 웃었다.

　"저도 다 알고 있는 내용이거든요."

　아이는 몸에 안 좋은 것도 안다고 했다. 체육 시간에 달리기하기도 힘들다면서 말이다. 그리고 당장 담뱃값이 없어서 담배를 끊고 싶어도 이미 중독이 되어 어쩔 수 없다고 했다. 얼마나 하고 싶은 것도, 할 것도 많은 나이인가. 그런데 돌도 삭일 그 나이에 달리기도 힘들고 담뱃값 걱정을 한다는 말에 너무나 기가 막혔다. 하지만 마음 한구석이 짠해져 왔다.

"너, 예쁜 여자와 결혼해서 토끼 같은 아기 낳고 오래오래 행복하게 살고 싶지 않냐?"

나는 그 아이에게 내 첫사랑 이야기를 해주었다. 아이는 소설 아니냐고 물었다. 사람 사는 것이 소설과 다르지 않고 내가 소설 속 주인공이 되지 말라는 법이 없는데 말이다.

나는 담배와는 친하게 지내본 적도 없으면서도 금연 이야기를 쓰기로 했다. 등굣길 후미진 주차장 안쪽에서 담배를 피워대는 뒤통수 납작한 중학생, 어스름한 저녁이면 아파트 공원 벤치에 앉아 대놓고 담배를 피우는 고등학생, 솜털이 보송보송한 얼굴로 교복을 입은 채 시장 뒷골목에서 담배를 피우는 여학생, 우리 동네 아이들에게 정말 하고 싶은 이야기를 소설로 썼다. 애초 담배를 시작하지 말아야 할 이유를 꼭 알려주고 싶었다. 시작은 쉽지만 습관은 가랑비처럼 모르는 사이 스며들어 중독이 되고, 중독을 이겨내려면 처절하리만큼 힘든 대가를 치러야 하기 때문이다. 나뿐만 아니라 내 곁에서 나를 사랑하는 사람들이 함께 고통과 불행을 짊어져야 하기 때문이다.

"선생님 혹시 담배 피우세요?"

넌지시 물으며 담배 이야기를 쓸 수 있도록 도와준 출판사 국장님께 감사드린다. 덕분에 담배를 피우는 청소년들과 만나 떡볶이를 먹으면서 많은 이야기를 나누었다. 그들의 고민을 들으며, 우리가 건강해야 하는 이유를 작가로서 『금연 학교』에 쓸 수 있었다.

2016년 봄
박현숙

사랑과 치유의 학교에 당신을 초대합니다

— 박명순 (문학평론가)

『금연학교』는 한번 잡으면 손을 뗄 수 없는 드라마틱한 청소년 성장소설이다. 급성 폐렴으로 중환자실에 입원한 준영이를 걱정할 때는 마음이 조마조마하다가도, 치료를 위해 찢은 명품 옷을 물어내라고 소리칠 때는 어이없는 웃음이 빵 터진다. 작가는 '담배와 관련된 상처 치유'라는 딱딱한 주제를 '치킨 먹기'라도 되는 양 상큼하게 이끄는 노련한 이야기꾼임에 틀림없다. 그렇다. 주인공은 갑작스럽게 건강이 악화된 준영이를 통해 목숨까지 위협한다는 흡연 중독을 체험하면서 '멋진 폼'이라는 겉모습의 허상을 깨닫고 그 이면(裏面)을 들여다보는 성찰의 힘을 키우게 된다.

주인공 감성돈은 평범한 열여섯 살 중학생인데 준영이의 '멋진 폼' 흉내를 내다가 가랑비에 옷 젖듯 담배를 배웠다. 점차 흡연 중독자가 되어 비행 청소년 취급까지 당한다. 그럴수록 억울한 마음을 달래기 위해서 담배 생각이 더욱 간절해진다. 그러다가 '암만동 놀이터 살인사건'에 연루되는 무서운 경험까지 겪는다. 가족 간 불화의 소용돌이로 새벽에 집을 뛰쳐나왔다가 죽어가는 남자의 몸에서 담배를 꺼낸 사실이 시시티브이에 찍히면서 흡연의 비밀이 공개된다. 이때부터 마음고생 몸 고생이 말이 아니다. 흡연 청소년의 사연에 귀 기울이는 어른들은 당연히 없다.

음식물 쓰레기 봉지에서 흘러나오는 썩은 냄새를 맡아본 적이 있는가. 아무도 이 봉지를 씻어서 먹는 음식을 담으려고 하지 않을 것이다. 새 봉지를 사용하면 되니까. 하지만 사람은 경우가 다르다. 버릴 수도 없지만 아무리 나쁜 습관 또는 마음의 상처라도 치유할 수 있는 힘이 있다. 그래서 사람은 사랑받기 위해 태어난 존재라고 하는 것이다.

주인공의 처지에 몰입하는 이야기 구조는 바로 청소년의 현실을 날카롭게 직시하는 과정에 있다. 좋은 청소년 소설에는 현실 사회의 총체적 모습이 담겨 있어야 한다. 성장통을 겪는 청소년들, 그들의 사회가 결국 어른 사회의 축소판이라는 사실을 보여주어야 한다. 사업 실패, 부모의 불화, 금전만능주의 가치관으로 찌든 사회에서 병들어가는 준영, 성돈과 같은 청소년들을 어떻게 대해야 할까?

어른들은 무작정 혼내거나 훈계하려 한다. 용돈 기입장을 검사해서 담배를 사지 못하게 하겠다는 서라 엄마처럼 눈 가리고 아웅 할 뿐이다. 금연 퍼포먼스, 흡연 방지 피켓 캠페인 모두 진정한 해결책이 될 수 없다는 걸 모르기 때문일까?

문학은 사회를 비추는 거울이자 희망의 불빛이 되어야 한다. 이 책에서 보여주는 청소년들의 흡연 문제와 '씨발, 변태 새끼, 미친년' 등의 비속어 사용은 기성세대에 그 절반의 책임이 있다. 그래서일까, 작가는 혼내거나 훈계하려 하지 않는다. 오히려 안쓰러운 시선으로 그들의 입장을 감싸주면서 어른들의 반성적 성찰이 우선되어야 한다는 메시지를 던져준다. 어른들이 담배를 만들거나 피우지 않았다면 청소년들이 배울 일도 없을 거 아니냐고 항변하는 듯하다. 주인공 감성돈에게 아빠는 힘없는 가족에게 화풀이나 던지는 사람이다. 담임 선생님처럼 몰래 담배를 피우며 금연 교육을 하는 어른들의 이중성을 비판하기도 한다.

등장인물 서라를 특별히 주목해야 한다. 처음에는 '애기 둘 낳은 아줌마' 외모의 서라를 성돈은 무시했다. 홍삼두유, 키스의 오해, 생리대를 담배로 착각하기 등 다양한 에피소드가 펼쳐지면서 우여곡절 끝에 금연학교에도 동행하는 친구다. '사랑하는 사람을 생각하는' 시간에 성돈의 얼굴이 떠올랐다는 서라의 고백도 자연스럽게 들린다. 이미 둘은 좋은 친구가 된 것이 틀림없다. 사회복지사가 되고 싶다는 서라의 진정성이 전달되자 '사진작가'의 꿈을 떠올리며 성돈은 차츰 마음의 안정을 찾게 된다.

박현숙 작가는 나를 탐험하고 사랑하는 방법을 스스로 깨닫도록 메시지를 던져준다. 이 학교에서 여러분들 가슴속에 숨겨진 상처받은 이야기들을 허심탄회하게 털어버릴 수 있으면 좋겠다. 서로의 마음에 채워진 빗장을 풀어내고 대화의 문을 열기를 바란다. 사랑받기 위해 태어난 당신,

　"꼭 이루고 싶은 꿈은 건강이 뒷받침되어야 이룰 수 있답니다."

　금연학교, 이 현명한 선택에 여러분을 초대합니다.

금연학교

© 박현숙, 2016

초판 1쇄 발행일 | 2016년 5월 10일
초판 8쇄 발행일 | 2021년 9월 29일

지은이 | 박현숙
펴낸이 | 정은영

펴낸곳 | (주)자음과모음
출판등록 | 2001년 11월 28일 제2001-000259호
주　소 | 10881 경기도 파주시 회동길 325-20
전　화 | 편집부 (02)324-2347, 경영지원부 (02)325-6047
팩　스 | 편집부 (02)324-2348, 경영지원부 (02)2648-1311
E-mail | jamoteen@jamobook.com

ISBN 978-89-544-3594-9 (43810)

이 도서의 국립중앙도서관 출판예정도서목록(CIP)은 서지정보유통지원시스템 홈페이지
(http://seoji.nl.go.kr)와 국가자료공동목록시스템(http://www.nl.go.kr/kolisnet)에서
이용하실 수 있습니다.(CIP제어번호: CIP2016010303)